JOE BILJOEN

David Walliams

JOE BILJOEN

met illustraties van Tony Ross
vertaald door Roger Vanbrabant

Clavis

Andere boeken van David Walliams bij Clavis:

Broodje rat
De grootste ettertjes van de wereld
De grootste ettertjes van de wereld 2
De grootste ettertjes van de wereld 3
De middernachtbende
De waanzinnige tandarts
Het ijsmonster
Meneer Stink
Oma boef
Opa vlucht
Papa bandiet
Tante Troela

David Walliams
Joe Biljoen

Negende druk 2019

Tekst © 2010 David Walliams
Illustraties © 2010 Tony Ross
Belettering auteursnaam © 2015 Quentin Blake
© 2013 Clavis Uitgeverij, Hasselt – Amsterdam – New York
Omslagontwerp: Studio Clavis
Illustraties: Tony Ross
Vertaling uit het Engels: Roger Vanbrabant
Oorspronkelijke titel: *Billionaire Boy*
Oorspronkelijke uitgever: HarperCollins Children's Books,
een afdeling van HarperCollins Publishers Ltd, Londen
Trefw.: humor, rijkdom, familie, vriendschap
NUR 282
ISBN 978 90 448 1952 6
D/2013/4124/059

www.clavisbooks.com

1

Even voorstellen: Joe Prop

Heb je je al eens afgevraagd hoe het zou zijn als je een miljoen bezat?

Of een miljard?

Of een biljoen?

Of een biljard?

Dit is Joe Prop.

Joe *hoefde* zich helemaal niet af te vragen hoe het zou zijn om heel, héél veel geld te hebben. Hij was nog maar twaalf, maar hij was ronduit belachelijk rijk.

Joe had alles wat hij ooit zou willen hebben.

- Grote plasma-, breedbeeld-, high definition flatscreen-televisie in elke kamer ✔

- 500 paar Nikesportschoenen ✔

- Grand Prix-racecircuit in de achtertuin ✔

- Robothond uit Japan ✔

- Golfwagentje met de nummerplaat PROPJE 2 om mee rond het terrein om het huis te rijden ✔

- Waterglijbaan die zijn slaapkamer verbond met een Olympisch zwembad ✔

- Elk computerspelletje ter wereld ✔

- 3D IMAX-bioscoop in de kelder ✔

- Een krokodil ✔

- Persoonlijke masseuse 24/7 ✔

- Ondergronds bowlingcentrum met 10 banen ✔

- Snookertafel ✔

- Popcornautomaat ✔

- Skatepark ✔

- Nog een krokodil ✔

- 120.000 euro zakgeld per week ✔

- Achtbaan in de achtertuin ✔

- Professionele opnamestudio op zolder ✔

- Privévoetbaltraining van het nationale Engelse voetbalteam ✔

- Een levende haai in een aquarium ✔

Kortom, Joe was een vreselijk verwend kind. Hij zat op een bespottelijk chique school. Telkens als hij op vakantie ging, werd hij met een privévliegtuig naar zijn bestemming gevlogen. Hij had Disney World zelfs eens een dag laten sluiten om nergens aan te hoeven schuiven.

Hier zie je Joe. Hij rijdt met zijn eigen formule 1-racewagen op zijn eigen privécircuit.

Sommige erg rijke kinderen hebben miniatuurautootjes die speciaal voor hen gebouwd werden. Joe niet. Hij moest zijn formule 1-wagen *groter* laten maken. Hij was nogal dik, zie je. Wat jij vast ook wel zou zijn als je alle chocolade van de wereld kon kopen.

Het zal je wel opgevallen zijn dat Joe helemaal in zijn eentje op het plaatje staat. Eigenlijk is helemaal alleen racen op
een circuit niet echt leuk. Zelfs niet als je een ziljoen bezit.
Je hebt gewoon iemand nodig tegen wie je echt kunt racen.
Het probleem was dat Joe geen vrienden had. Geen enkele.

• Vrienden ✘

Een formule 1-wagen besturen en tegelijk het wikkeltje van
een grote Marsreep halen kun je maar beter niet proberen
te doen. Maar het was al enkele tellen geleden dat Joe nog
iets gegeten had en hij had trek. Toen hij de S-bocht ging nemen, scheurde hij het wikkeltje er met zijn tanden af en beet
hij een stuk van de heerlijke, met chocolade overgoten reep
noga en karamel. Daardoor had hij maar één hand om zijn
wagen te besturen en toen de wielen de boord van de bocht
raakten, verloor hij de controle over het stuur.

De formule 1-wagen, die een paar miljoen gekost had,
vloog uit de bocht, draaide rond en knalde tegen een boom.

K K K K K R R R
R R R R R R R R R R R R R R
RR!!!!!!!!!!!!!!!!!!!!!!!!!!!!!!!!!

De boom was niet beschadigd. Maar de wagen was total loss.

Joe wurmde zich moeizaam uit de cockpit. Gelukkig was hij niet gewond. Maar hij voelde zich wel wat duizelig en wankelde naar huis.

'Ik heb de wagen in de prak gereden, pap,' zei hij toen hij in de paleisachtige woonkamer kwam.

Meneer Prop was klein en dik, net als zijn zoon. Hij had wel overal meer haar. Behalve op zijn hoofd, dat was kaal en glanzend. Hij zat op een sofa van krokodillenhuid waar wel honderd mannen op konden zitten en keek niet op van zijn krant.

'Geen probleem, Joe,' zei hij. 'Ik koop je wel een nieuwe.'

Joe liet zich naast zijn vader op de sofa vallen.

'Voor ik het vergeet, gelukkige verjaardag, Joe.' Zonder zijn ogen van het meisje op de roddelpagina af te wenden gaf meneer Prop zijn zoon een envelop.

Joe opende die gretig. Hoeveel geld zou er deze keer in zitten? De kaart met *Gelukkige 12de verjaardag, jongen* gooide hij achteloos op de sofa en hij greep naar de cheque.

Hij kon zijn teleurstelling amper verbergen. 'Een miljoen?' zei hij schamper. 'Is dat alles?'

'Wat bedoel je, jongen?' Meneer Prop legde even zijn krant neer.

'*Vorig jaar* gaf je me al een miljoen,' jammerde Joe. 'Toen ik elf jaar werd. Nu word ik twaalf en zou ik toch wel wat meer mogen krijgen?'

Meneer Prop stak een hand in de binnenzak van zijn glanzende grijze designerpak en haalde zijn chequeboekje tevoorschijn. Het was een afgrijselijk pak en het was afgrijselijk duur. 'Het spijt me, jongen,' zei hij. 'We zullen er twee miljoen van maken.'

Nu moet je weten dat meneer Prop niet altijd zo rijk geweest was.

Niet zo heel lang geleden hadden de Props een erg eenvoudig leven geleid. Van toen hij zestien was, werkte meneer Prop aan de rand van de stad in een grote fabriek, waar toiletrollen gemaakt werden. Hij moest daar hééééé120 saai werk doen. Hij moest toiletpapier op kartonnen cilindertjes rollen.

Rol na rol.

Dag na dag.

Jaar na jaar.

Decennium na decennium.

Dat deed hij telkens opnieuw en hij dacht dat hij nooit wat anders zou gaan doen. Hij stond de hele dag aan de lopende band, samen met honderden andere werklui die zich rot verveelden omdat ze urenlang hetzelfde afstompende werk moesten doen. Telkens als er papier op een kartonnen cilindertje gerold was, moest hij weer helemaal opnieuw beginnen. En elke volgende rol zag er net hetzelfde uit als de vorige.

Omdat de Props zo arm waren, maakte meneer Prop voor zijn zoon verjaardags- en kerstcadeautjes van kartonnen cilindertjes. Hij had immers nooit genoeg geld om nieuw speelgoed te kopen. Daarom maakte hij bijvoorbeeld een racewagen van lege toiletrolletjes of een fort van lege toiletrolletjes met tientallen soldaten van lege toiletrolletjes. Het meeste van dat speelgoed raakte stuk en belandde in de vuilnisbak. Maar Joe wist toch een zielige, van een leeg toiletrolletje gemaakte ruimteraket te redden, al begreep hij zelf niet goed waarom hij dat deed.

Het enige goede aan het werk in de fabriek was dat meneer Prop heel veel tijd had om te dagdromen. En op zekere dag bedacht hij iets wat een heel ander licht zou werpen op toiletpapier.

Waarom zou ik niet proberen om een toiletrol uit te vinden die aan de ene kant vochtig en aan de andere kant droog is? dacht hij terwijl hij papier rolde op zijn duizendste cilindertje van die dag.

Hij verklapte zijn idee aan niemand, maar sloot zich urenlang op in het toilet van hun flatje om daar aan zijn tweezijdige toiletpapier te werken.

Toen meneer Prop uiteindelijk met zijn Bipsfris op de markt kwam, sloeg het nieuwe toiletpapier in als een bom. Elke dag verkocht hij over de hele wereld wel een miljard rollen. En elke keer als er een rol verkocht werd, verdiende hij tien cent. En al die centjes samen vormden een gigantische hoop geld, zoals je hier kunt zien:

10 cent x 1.000.000.000 rollen x 365 dagen per jaar = verschrikkelijk veel poen.

Joe Prop was nog maar acht jaar toen zijn vader Bipsfris begon te verkopen en van de ene dag op de andere werd zijn leven volkomen overhoopgehaald.

Om te beginnen gingen Joe's ouders uit elkaar. Het kwam uit dat zijn moeder al jarenlang een liefdesrelatie had met zijn padvindersleider, Alan. Om te scheiden nam ze genoegen met tien miljard en Alan ging voortaan met een gigantisch jacht varen in plaats van met een kano. Nu waren Carol en Alan naar het scheen langs de kust van Dubai aan het zeilen en goten ze elke ochtend zeer dure champagne over hun cornflakes. Meneer Prop kwam de scheiding snel te boven en hij begon uit te gaan met een eindeloze reeks meisjes uit mannenbladen.

Weldra verhuisden vader en zoon van hun miezerige flatje naar een enorm landhuis. Meneer Prop noemde dat het Bipsfris Kasteel.

Het huis was zo groot dat je het vanuit de ruimte kon zien. Het duurde vijf minuten om de oprijlaan op te rijden. Langs de grindstrook, die zowat een kilometer lang was, waren nieuwe boompjes geplant.

Het huis had zeven keukens, twaalf woonkamers, zevenenveertig slaapkamers en negenentachtig badkamers. En achter elke badkamer was er nog een kleinere badkamer. En achter sommige van die kleine badkamers was er een nog kleinere badkamer.

Vader en zoon Prop woonden daar nu al een paar jaar en Joe had nog maar een vierde van het huis verkend. Op het eindeloze domein eromheen lagen tennisvelden, een meer om met bootjes op te varen, een landingsplaats voor een helikopter en zelfs een skischans met bergen namaaksneeuw. Alle kranen, deurklinken en zelfs de toiletbrillen waren van massief goud en de tapijten van nertsbont.

Joe en zijn vader dronken vruchtensap uit onbetaalbare antieke bekers. Ze hadden een tijdlang een butler gehad, Otis, een orang-oetan, maar die hadden ze moeten ontslaan.

'Krijg ik ook een écht cadeau, pap?' vroeg Joe en hij stopte de cheque in zijn broekzak. 'Ik bedoel, ik heb al hopen geld.'

'Zeg maar wat je zou willen, jongen,' zei meneer Prop. 'Ik stuur wel een van mijn assistenten om het te gaan kopen. Een zonnebril van puur goud? Ik heb er zo eentje. Je kunt er wel niet door kijken, maar hij kost erg veel.'

Joe geeuwde.

'Je eigen speedboot?' probeerde meneer Prop.

Joe draaide met zijn ogen. 'Je weet toch dat ik er al twee heb.'

'Het spijt me, jongen. Misschien voor een kwart miljoen boekenbonnen?'

'Saai! Saai! Saai!' Joe stampte op de vloer van ontgoocheling. Het was duidelijk dat hij met een serieus probleem zat.

Meneer Prop keek ongelukkig voor zich uit. Hij had geen idee wat hij in vredesnaam nog zou kunnen kopen voor zijn zoon. 'Wat zou je dan willen, jongen?'

Ineens wist Joe het. Hij zag zichzelf helemaal in zijn eentje racen tegen zichzelf op zijn circuit. 'Wel ... eigenlijk is er iets wat ik echt graag zou hebben,' zei hij aarzelend.

'Zeg het maar, jongen,' zei meneer Prop.

'Een vriend.'

2
Joe Kont

'Joe Kont,' zei Joe.

'*Joe Kont*?' stamelde meneer Prop. 'En hoe noemen ze je op school nog meer, jongen?'

'Joe Toiletrol ...'

Meneer Prop schudde ongelovig zijn hoofd. Hij had zijn zoon naar de duurste school van Engeland gestuurd. De exclusieve St Cuthbert Jongensschool. Het schoolgeld bedroeg er bijna 250.000 euro per trimester en de jongens moesten er allemaal plooikragen en maillots dragen.

Op de volgende bladzijde zie je een tekening van Joe in zijn schooluniform. Ziet er nogal gek uit, vind je niet?

Meneer Prop had dan ook echt niet verwacht dat zijn zoon op school gepest zou worden. Pesten was iets voor arme mensen. Meneer Prop wist helemaal niet dat Joe al gepest werd sinds hij op die school aangekomen was. De chique kinderen hadden een hekel aan hem, omdat zijn vader rijk geworden was door toiletrollen te verkopen. Ze vonden dat 'verschrikkelijk ordinair'.

'Poepbiljonair, Poepvegerserfgenaam, meneer Poep-

17

papier,' vervolgde Joe. 'En dan heb ik het alleen nog maar
over de leerkrachten.'

De meeste jongens op zijn school waren prins of toch
ten minste hertog of graaf. Hun families waren rijk geworden omdat ze heel veel land bezaten. Daardoor waren

ze mensen met 'oud geld'. Joe had al snel begrepen dat geld alleen maar echt belangrijk was als het 'oud' was. 'Nieuw geld', verdiend met toiletrollen verkopen, telde niet mee.

De chique jongens op St Cuthbert hadden namen als Nathaniel Septimus Ernest Bertram Lysander Tybalt Zacharias Edmund Alexander Humphrey Percy Quentin Tristan Augustus Bartholomeus Tarquin Imogen Sebastiaan Theodoor Clarence Smythe.

Dat was maar één jongen.

Ook de leervakken waren bespottelijk chique.

Zo zag Joe's lesrooster eruit:

Maandag
Latijn
Een strohoed dragen
Les over het koningshuis
Etiquetteles
Ruitersport
Salondansen
Debatgroep ('Wij vinden het ordinair de onderste knoop
                van je vest dicht te doen.')
Scones eten
Een vlinderdas knopen
Speculeren
Polo (de sport met paarden en sticks, niet in het water)

Dinsdag
Klassiek Grieks
Croquet
Fazanten schieten
Beestachtig tekeergaan tegen personeel
De mandoline bespelen, niveau 3
Geschiedenis van het tweed
Je neus een uur in de wind steken

Les over hoe over dakloze personen te stappen als je uit
het operagebouw komt
De uitgang van een doolhof vinden

Woensdag

Op vossenjacht gaan
Bloemschikken
Over het weer praten
Geschiedenis van het cricket
Geschiedenis van de golfschoen
Thuis waardig Uno spelen
Modetijdschrift lezen
Ballet leren beoordelen
Een hoge hoed laten blinken
Schermen (de sport met degens, niet het afschermen
       tegen dieven)

Donderdag

Antieke meubels leren keuren
Een band van een Range Rover vervangen
Discussie over wiens papa de rijkste is
Wedstrijd om na te gaan wie het best bevriend is met
Prins Harry
Keurig leren praten
Roeien
Debatgroep ('Wij vinden dat gebakjes warm moeten zijn.')
Schaken
Wapenschilden bestuderen
Luid leren praten in een restaurant

Vrijdag
Poëzie lezen (middeleeuws Engels)
Geschiedenis van ribfluwelen kleding
Bomen en struiken in figuren snoeien

Klassieke beeldhouwwerken leren beoordelen
Kijken of je op de lijst van Echt Belangrijke Personen staat
Op eendenjacht gaan
Biljarten
Klassieke muziek leren beoordelen
Onderwerpen om tijdens een etentje over te praten
(Bv. 'Welke geur hebben arme mensen?')

Maar de belangrijkste reden waarom Joe tegen zijn zin
op St Cuthbert zat, waren niet de dwaze lesonderwerpen.
De echte reden was dat iedereen op school op hem neer-

keek. Ze vonden hem verschrikkelijk, onvoorstelbaar ordinair. Omdat zijn vader zijn geld verdiende met toiletrollen te maken.

'Ik wil naar een andere school, pap,' zei Joe.

'Geen probleem, jongen. Ik heb genoeg geld om je naar
de chicste school van de wereld te sturen. Ik hoorde on-
langs iets over een school in Zwitserland. Daar gaan ze in
de ochtend skiën en daarna ...'

'Nee,' zei Joe. 'Wat zou je ervan denken als ik hier naar
de middenschool wilde gaan?'

'*Wat?*' zei meneer Prop.

'Daar kan ik misschien een vriend vinden,' zei Joe. Als
de chauffeur hem naar St Cuthbert bracht, had hij bij de
schoolpoort al kinderen zien rondlopen. Ze zagen er allemaal uit alsof ze zich echt vermaakten: ze kletsten, deden
spelletjes en ruilden van alles. Joe vond dat het er allemaal
zo heerlijk *gewoon* uitzag.

'Ja, maar hier naar de middenschool ...' zei meneer Prop
ongelovig. 'Weet je dat *zeker?*'

'Ja,' antwoordde Joe opstandig.

'Als je wilt, zal ik in onze tuin een school voor je laten
bouwen ...' stelde meneer Prop voor.

'Nee. Ik wil naar een gewone school. Met gewone kinderen. Ik wil *vrienden* maken, pap. Op St Cuthbert heb ik
geen enkele vriend.'

'Maar jij kunt niet naar een gewone school gaan, jongen. Jij bent biljonair. Ofwel zullen de kinderen je pesten, ofwel zullen ze allemaal bevriend met je willen zijn, alleen maar omdat je rijk bent. Het zal een nachtmerrie voor je zijn.'

'Dan vertel ik toch aan niemand wie ik ben. Ik zeg gewoon dat ik Joe ben. En misschien, heel misschien, vind ik dan wel een vriend. Misschien wel twee vrienden ...'

Meneer Prop dacht even na. 'Als dat is wat je echt wilt, Joe, dan mag je naar een gewone school gaan,' gaf hij toen toe.

Joe was zo opgetogen dat hij naar zijn vader toe kontwipte[1] en hem een knuffel gaf.

'Verkreukel mijn pak maar niet, jongen,' zei meneer Prop.

'Sorry,' zei Joe. Hij kontwipte wat achteruit en schraapte zijn keel. 'Eh ... ik hou van je, pap.'

'Ja, zoon, dito dito,' zei meneer Prop en hij stond op. 'Ik wens je een fijne verjaardag toe, maat.'

'Gaan we vanavond niet iets doen samen?' Joe probeerde zijn teleurstelling te verbergen.

Toen hij kleiner was, had zijn vader hem op zijn verjaardag altijd meegenomen naar de hamburgertent in hun buurt. Omdat ze geen hamburgers konden betalen, bestelden ze daar alleen maar frietjes. Die aten ze dan op met een paar broodjes met ham en uienringetjes, die meneer Prop mee naar binnen smokkelde onder zijn hoed.

'Ik kan vanavond niet, sorry, jongen,' zei meneer Prop nu. 'Ik heb een afspraakje met dit mooie meisje.' Hij wees naar de krant.

---

1 Kontwippen: je met je achterwerk afduwen en zo opschuiven, zodat je niet hoeft op te staan. Mensen met overgewicht doen dat af en toe.

Joe keek. De kleren van de vrouw op de foto leken van haar af gegleden te zijn. Ze had heel erg blond geverfd haar en haar gezicht was zo zwaar opgemaakt dat hij haast niet kon zien of ze mooi was of niet. Onder de foto stond wie ze was: *Safiera, 19, van Bradford. Houdt van winkelen, heeft een hekel aan nadenken.*

'Vind je niet dat Safiera wat te jong voor je is, pap?' vroeg Joe.

'We verschillen maar zevenentwintig jaar in leeftijd,' antwoordde meneer Prop onmiddellijk.

Joe was niet overtuigd. 'Waar neem je die Safiera mee naartoe?'

'Naar een nachtclub.'

'Een *nachtclub*?' schrok Joe.

'Ja,' zei meneer Prop beledigd. 'Ik ben niet te oud om naar een nachtclub te gaan!' Hij deed een doos open, pakte er iets uit wat eruitzag als een hamster die met een houten hamer platgeslagen was en legde het op zijn hoofd.

'Wat moet *dat* in vredesnaam voorstellen, pap?'

'Wat moet wat voorstellen, jongen?' vroeg meneer Prop geveinsd niet-begrijpend. Hij schikte het ding op zijn kale schedel.

'Dat ding op je hoofd.'

'O, dat? Dat is een haarstukje, jongen. Kost maar twaalf-duizend euro per stuk. Ik heb een blond gekocht, een bruin, een ros en een afro voor speciale gelegenheden. Zo zie ik er twintig jaar jonger uit, vind je ook niet?'

Joe loog niet graag. Met het haarstukje zag zijn vader er helemaal niet jonger uit. Eerder alsof hij een dood knaagdier op zijn hoofd in evenwicht probeerde te houden. Daarom besloot Joe maar gewoon nietszeggend 'Hm!' te doen.

'Juist,' voegde hij er een paar tellen later toch aan toe.

'Oké, maak er een fijne avond van.' Hij pakte de afstandsbediening. Het zag ernaar uit dat de reuzegrote televisie weer zijn enige gezelschap zou zijn.

'Er staat wat kaviaar in de koelkast als avondeten, jongen,' zei meneer Prop en hij liep naar de deur.

'Wat is kaviaar?'

'Dat zijn eitjes van vissen, jongen.'

'Bwèèèk!' Joe at zelfs niet graag gewone eieren. Eieren die een vis gelegd had, dat klonk pas echt walgelijk.

'Je hebt gelijk. Ik had er wat van op mijn ontbijttoastje gesmeerd. Ik vind het weerzinwekkend. Maar het is vreselijk duur, dus moeten we het maar eten.'

'Kunnen we niet gewoon worstjes en aardappelpuree of vis en friet of een ovenschotel of zoiets eten?'

'Mmm! Ik at vroeger erg graag gehakt met een pureekorstje, jongen.' Meneer Prop smakte alsof hij het weer proefde.

'Wel dan ...'

Meneer Prop schudde ongeduldig zijn hoofd. 'Nee, nee, nee! We zijn nu rijk, jongen! We moeten nu duur spul eten, zoals andere rijke mensen. Tot straks!'

De deur viel achter hem dicht en een paar tellen later hoorde Joe het oorverdovende lawaai van zijn limoengroene Lamborghini, waarmee hij de avond in reed.

Joe vond het niet leuk weer helemaal alleen te zijn. Maar toen hij de tv aanzette, kon hij een glimlachje niet onderdrukken. Hij zou naar een gewone school gaan en een gewone jongen zijn. En misschien, *heel misschien*, zou hij daar een vriend vinden.

Maar hoelang zou hij het geheim kunnen houden dat hij biljonair was?

3
Wie is de dikste?

Eindelijk was het zover. De grote dag was aangebroken.

Joe deed zijn met diamanten bezette horloge af en legde zijn gouden pen in een lade. Hij keek naar de merkschooltas van zwart slangenleer die zijn vader voor hem gekocht had en legde ze terug in de kast. Zelfs de tas waarin die schooltas gezeten had, was te chic voor zijn nieuwe school. Maar in de keuken vond hij een oude plastic tas en daar stopte hij zijn schoolboeken in. Hij was vast van plan niet op te vallen.

Als de chauffeur hem met de Rolls-Royce naar school bracht, had Joe de plaatselijke middenschool heel vaak gezien vanaf de achterbank. Hij had dan ook gezien hoe de kinderen uit de poort stroomden. Een kolkende werveling van in het rond vliegende schooltassen en scheldwoorden en haargel. Nu zou hij voor het eerst door die poort naar binnen gaan. Maar hij wilde daar niet met de Rolls-Royce aankomen. Dan zouden de andere kinderen meteen doorhebben dat hij rijk was. Daarom zei hij dat de chauffeur hem moest laten uitstappen bij een bushalte.

Het was jaren geleden dat hij nog ergens met het openbaar vervoer naartoe geweest was en toen hij bij de halte stond te wachten, popelde hij van ongeduld.

'Dat kan ik niet wisselen,' zei de buschauffeur.

Joe had er niet aan gedacht dat het niet op prijs gesteld zou worden als hij een buskaartje van twee euro wilde betalen met een briefje van vijftig. Hij moest uitstappen en begon met een diepe zucht te lopen. Ongeveer twee kilometer en bij elke stap schuurden zijn kwabbige dijen tegen elkaar.

Ten slotte stond hij dan toch voor de schoolpoort. Een paar tellen treuzelde hij daar nerveus. Hij had jarenlang in weelde geleefd en was altijd verwend geworden, hoe zou hij zich in hemelsnaam aan die andere kinderen kunnen aanpassen? Hij ademde diep in en liep de speelplaats op.

Op het secretariaat zat maar één andere jongen. Joe keek in zijn richting. De jongen was een dikkerd, net als hij, en hij had een dichte bos krulhaar.

Toen hij merkte dat Joe naar hem keek, glimlachte de jongen. En toen hij ingeschreven was, kwam hij naar Joe toe. 'Ik ben Bob,' zei hij.

'Hallo, Bob,' antwoordde Joe. De bel was gegaan en ze schommelden door de gang naar het lokaal voor het eerste lesuur. 'Ik ben Joe,' voegde hij eraan toe.

Hij vond het een beetje eng in een school waar niemand wist wie hij was. Waar hij niet Joe Kont was.

Of Biljonair Bips, of Joe Bipsfris.

'Ik vind het echt fijn dat je er bent, Joe. In mijn klas, bedoel ik.'

'Hoezo?' vroeg Joe. Hij voelde zich haast uitgelaten. Het zag ernaar uit dat hij misschien al een vriend gevonden had!

'Omdat ik nu niet meer de dikste jongen van de school ben.' Bob zei dat zo zelfverzekerd alsof het onomstotelijk vaststond.

Joe bleef staan en bekeek Bob met gefronste wenkbrauwen onderzoekend van top tot teen. Hij vond dat ze allebei ongeveer even dik waren.

'Hoeveel weeg jij?' vroeg hij nors.

'Hoeveel weeg jij?' zei Bob.

'Ik vroeg het eerst aan jou.'

Bob zweeg een paar tellen. 'Ongeveer vijftig kilo.'

'Ik weeg vijfenveertig kilo,' jokte Joe.

'Dat kan niet!' zei Bob boos. 'Ik weeg zeventig kilo en je bent veel dikker dan ik!'

'Je zei net dat je vijftig kilo woog!' zei Joe verwijtend.

'Ik *woog* vijftig kilo,' antwoordde Bob. 'Toen ik nog een baby was ...'

Die middag stond er veldlopen op het programma. Dat was altijd vreselijk en zeker op de eerste schooldag. Een jaarlijkse marteling, misschien wel bedacht om kinderen die niet sportief waren te vernederen. En Bob en Joe waren allesbehalve sportief.

'Waar is je gymbroekje, Bob?' schreeuwde meneer Kneuzer, de sadistische gymleraar, toen Bob op het sportterrein verscheen.

Bob stond daar in zijn onderbroek en onderhemdje en werd overspoeld door het geschater van de andere kinderen. 'D-d-dat m-m-moet iemand verstopt hebben, m-m-meneer,' antwoordde hij rillend.

'Dat geloof je toch zelf niet!' zei meneer Kneuzer schamper. Net als bij andere gymleraren was het moeilijk je hem voor te stellen zonder trainingspak.

'M-m-moet ik z-z-zo meelopen, m-m-m-m-meneer?' vroeg Bob hoopvol.

'O ja, jongen! Zo makkelijk kom je er niet vanaf! Oké, iedereen, op je plaatsen! Klaar? Blijven staan! START!'

Joe en Bob schoten weg, net als de andere jongens. Maar zowat drie tellen later waren ze al buiten adem en konden ze alleen nog wandelen. Even later was iedereen in de verte verdwenen en bleven de twee dikkerds alleen achter.

'Ik kom elk jaar als laatste aan.' Bob scheurde het wikkeltje van een Snickers en nam een flinke hap. 'Alle andere kinderen lachen me altijd uit. Ze gaan douchen, kleden zich om en gaan dan bij de eindstreep staan wachten. Ze zouden naar huis kunnen gaan, maar ze blijven daar staan om me uit te jouwen.'

Joe fronste zijn wenkbrauwen. Dat klonk niet leuk. Hij besloot dat hij niet als laatste wilde aankomen en liep wat vlugger. Zo bleef hij ten minste een halve pas voor Bob.

Bob keek boos en versnelde tot ten minste anderhalve kilometer per uur. Aan de vastberaden uitdrukking op zijn gezicht kon Joe zien dat hij hoopte een unieke kans te maken om eens niet als laatste aan te komen.

Joe liep nog wat sneller. Ze waren nu bijna aan het joggen. De race was begonnen. Voor de ultieme prijs: wie zou ... net niet als laatste aankomen! Joe wilde op zijn eerste schooldag bij het veldlopen in geen geval verslagen worden door een dikke jongen in ondergoed.

Het leek een eeuwigheid te duren voor de eindstreep in zicht kwam. De twee jongens waren helemaal buiten adem door het moeizame waggelen.

Plots sloeg het noodlot toe voor Joe. Hij voelde een scherpe steek in zijn zij.

'Au!' schreeuwde hij.

'Wat is er?' vroeg Bob, die net enkele centimeters voorsprong had.

'Een steek ... Ik moet stoppen ... Au!'

'Geloof ik niet. Een meisje van wel honderd kilo flikte me dat vorig jaar ook en ze versloeg me met een fractie van een seconde.'

'Het is *waar*!' zei Joe. 'Au!' Hij duwde met zijn hand tegen zijn zij.

'Ik trap er niet in, Joe,' zei Bob. 'Je zult als laatste aankomen en dit jaar zullen alle kinderen *jou* uitlachen.' Triomfantelijk schuifelde hij verder.

Op de eerste schooldag uitgelachen worden wilde Joe heel zeker niet. Na St Cuthbert had hij zijn buik vol van uitgelachen worden. Maar bij elke stap werden de steken erger. Het was alsof er een gat in zijn zij gebrand werd. 'Wat als ik je vijf euro geef om als laatste aan te komen?' zei hij.

'Geen sprake van!' antwoordde Bob zwaar hijgend.

'Tien euro?'

'Nee.'

'Twintig?'

'Blijf maar proberen.'

'Vijftig?'

Bob bleef staan en keek om. 'Vijftig euro ... Dat is heel veel chocolade.'

'Ja,' zei Joe. 'Massa's.'

'Oké, deal. Maar ik wil de poen *nu* hebben.'

Joe zocht in zijn gymbroekje en trok er een briefje van vijftig euro uit.

'Wat is dat?' vroeg Bob.

'Een briefje van vijftig euro.'

'Ik heb er nooit eerder een gezien. Hoe kom je eraan?'

'O, eh ... ik verjaarde vorige week en ...' Joe struikelde een beetje over zijn woorden. 'En mijn vader gaf het me als cadeau.'

De ongelooflijk dikke jongen bestudeerde het briefje even en hield het tegen het licht alsof het een kostbaar kunstwerk was. 'Wauw!' zei hij. 'Je vader moet schatrijk zijn!'

Bobs vette hersens zouden de waarheid niet aankunnen. Meneer Prop had Joe immers twee miljoen gegeven voor zijn verjaardag. Joe besloot er maar niets van te zeggen.

'Neu, niet echt,' zei hij.

'Loop maar door,' zei Bob. 'Ik zal wel als laatste aankomen. Voor vijftig euro wil ik zelfs tot morgen wachten als je dat wilt.'

'Als je een paar passen achter me blijft, is het wel oké,' zei Joe. 'Dan ziet het er echt uit.' Hij liep voorzichtig verder, nog altijd met zijn hand op zijn pijnlijke zij.

Honderden boosaardig glimlachende gezichten kwamen nu steeds dichterbij. Toen Joe over de eindstreep waggelde, klonk er alleen maar hier en daar een spottend lachje. Een eindje achter hem volgde Bob. Hij hield zijn briefje van vijftig nog altijd in zijn hand geklemd, want er zaten geen zakken in zijn onderbroek. Toen hij de eindstreep naderde, begonnen de kinderen 'Bob-bel! te scanderen.

'**BOBBEL! BOBBEL! BOBBEL! BOBBEL! BOBBEL! BOBBEL! BOBBEL! BOBBEL! BOBBEL! BOBBEL! BOBBEL! BOBBEL! BOBBEL! BOBBEL! BOBBEL! BOBBEL! BOBBEL! BOBBEL! BOBBEL! BOBBEL!**'

En het scanderen klonk almaar luider.

'**BOBBEL! BOBBEL! BOBBEL! BOBBEL! BOBBEL! BOBBEL! BOBBEL! BOBBEL! BOBBEL! BOBBEL! BOBBEL!**

**BOBBEL! BOBBEL! BOBBEL!
BOBBEL! BOBBEL! BOBBEL!
BOBBEL! BOBBEL! BOBBEL!
BOBBEL! BOBBEL! BOBBEL!
BOBBEL! BOBBEL! BOBBEL!
BOBBEL! BOBBEL!'**

Ze begonnen ook in hun handen te klappen.

'**BOBBEL! BOBBEL! BOBBEL! BOBBEL!
BOBBEL! BOBBEL! BOBBEL! BOBBEL!
BOBBEL! BOBBEL! BOBBEL! BOBBEL!
BOBBEL! BOBBEL! BOBBEL! BOBBEL!
BOBBEL! BOBBEL! BOBBEL! BOBBEL!**'

Bob liet zich daardoor niet uit het veld slaan. Hij gooide zijn lichaam over de streep.

'**HA! HA! HA! HA! HA! HA! HA! HA!
HA! HA! HA! HA! HA! HA! HA! HA!**

HA! HA! HA! HA! HA! HA! HA! HA! HA! HA! HA! HA! HA! HA! HA! HA! HA! HA! HA! HA! HA! HA! HA! HA! HA! HA! HA! HA! HA! HA! HA! HA! HA! HA! HA! HA! HA! HA! HA! HA! HA! HA! HA! HA! HA! HA! HA! HA! HA! HA! HA! HA! HA! HA! HA! HA! HA! HA!'

De andere kinderen rolden bijna over de grond van het lachen. Iedereen wees naar Bob, die voorovergebogen naar adem stond te snakken.

Joe keek achter zich en voelde zich een beetje schuldig.

Toen de andere kinderen zich verspreidden, liep hij naar Bob toe en hielp hem overeind. 'Dank je,' zei hij.

'Graag gedaan,' zei Bob. 'Eerlijk gezegd had ik dat toch moeten doen. Als jij op je eerste schooldag als laatste geëindigd was, zou je nog niet jarig geweest zijn. Maar volgend jaar sta je er alleen voor. Al geef je me een miljoen, ik wil niet meer als laatste aankomen!'

Joe dacht aan zijn verjaardagscheque van twee miljoen. 'En voor twee miljoen?' lachte hij.

'Deal!' zei Bob en hij lachte ook. 'Stel je voor dat je zo veel geld had. Dat zou echt te gek zijn! Dan kon je alles kopen wat je maar wilde!'

Joe glimlachte krampachtig. 'Ja,' zei hij. 'Misschien heb je gelijk …'

4
'Toiletrollen?'

'Had je je gymbroekje expres vergeten?' vroeg Joe.

Meneer Kneuzer had de kleedkamers al afgesloten toen Joe en Bob eindelijk klaar waren met hun veldloop ... eh, veldwandeling. Nu stonden ze buiten voor het grijze betonnen gebouw en Bob rilde in zijn ondergoed. Ze waren al naar het secretariaat gelopen, maar nergens was er nog iemand te vinden. Behalve de conciërge. Maar die leek geen Engels te verstaan. Of om het even welke taal eigenlijk.

'Nee,' antwoordde Bob, een beetje gekwetst omdat Joe dat durfde te denken. 'Ik ben wel niet de snelste loper, maar zo laf ben ik ook niet.'

Ze sjokten over het schoolplein. Joe in sporthemd en gymbroekje, Bob in onderhemdje en onderbroek. Ze zagen eruit alsof ze net afgewezen waren bij een auditie voor een jongensgroep.

'Wie kan het dan verstopt hebben?' vroeg Joe.

'Geen idee. De Larven misschien. De grootste pestkoppen van de school.'

'De Larven?'

'Ja. Een tweeling.'

'O,' zei Joe. 'Ik ken hen nog niet.'

'Komt wel,' antwoordde Bob somber. 'Weet je, ik voel me echt ongemakkelijk omdat ik je verjaardagsgeld aangenomen heb ...'

'Hoeft niet,' zei Joe. 'Het is oké.'

'Maar vijftig euro is een heleboel geld!' protesteerde Bob.

Voor de Props was vijftig euro helemaal geen hoop geld. Dit zouden Joe en zijn vader bijvoorbeeld met briefjes van vijftig doen:

- Ze in plaats van een oude krant gebruiken om de barbecue aan te steken
- Een stapeltje naast de telefoon leggen om er aantekeningen op te maken
- De bodem van de hamsterkooi ermee bestrooien en ze een week later weggooien als ze naar hamsterplas begonnen te ruiken

- Er eentje aan de hamster geven om zich af te drogen als hij gedoucht had
- Ze als koffiefilter gebruiken
- Er papieren hoedjes van maken voor een feestje
- Er hun neus in snuiten
- Er smaakloos geworden kauwgom in uitspuwen en het briefje dan een butler in zijn hand stoppen, die het dan een kamerdienaar in zijn hand zou stoppen, die het dan aan een dienstmeisje zou geven, die het ten slotte in de vuilnisbak zou gooien
- Er papieren vliegtuigjes van vouwen en die naar elkaar gooien
- Er de muren van het toilet op de benedenverdieping mee behangen

'Je hebt me nog niet verteld wat je vader doet,' zei Bob.

Joe raakte heel even in de war. 'Eh … wel, eh … hij maakt toiletrollen,' zei hij. Dat was maar een heel klein beetje gelogen.

'*Toiletrollen*?' Bob kon een glimlach niet onderdrukken.

'Ja,' zei Joe een beetje boos. 'Hij maakt toiletrollen.'

Bobs glimlach verdween. 'Dat klinkt niet alsof je er heel veel geld mee kunt verdienen.'

41

Joe maakte een grimas. 'Eh … nee, je hebt gelijk.'

'Je vader moet wekenlang gespaard hebben om je vijftig euro te kunnen geven. Hier.' Bob stak het nu lichtjes verkreukte briefje van vijftig uit naar Joe.

'Nee, hou het maar,' protesteerde Joe.

Maar Bob stopte het in zijn hand. 'Het is jouw verjaardagsgeld. Hou jij het maar.'

Joe glimlachte onzeker en kneep zijn hand dicht over het briefje. 'Dank je, Bob. En wat doet jouw vader?'

'Mijn vader is vorig jaar gestorven.'

Ze liepen even zwijgend verder. Het enige wat Joe kon horen, was het kloppen van zijn hart. Hij kon gewoon niets bedenken wat hij kon zeggen. Hij wist alleen maar dat hij dat vreselijk vond voor zijn nieuwe vriend. Plots herinnerde hij zich dat mensen soms 'het spijt me' zeiden als er iemand gestorven was.

'Het spijt me,' zei hij.

'Het is toch jouw schuld niet,' zei Bob.

'Ik bedoel … het spijt me dat hij gestorven is.'

'Het spijt mij ook.'

'Hoe is hij … je weet wel?'

'Kanker. Het was echt eng. Hij werd zieker en zieker en op een dag kwamen ze me op school halen om naar het ziekenhuis te gaan. We zaten een eeuwigheid naast zijn bed en we hoorden hem reutelend ademen. En ineens hield dat geluid op. Ik rende de kamer uit naar de verpleegster.

Ze liep met me mee en zei dat hij "vertrokken" was. Nu heb ik alleen mijn moeder nog.'

'Wat doet je moeder?'

'Ze werkt in een supermarkt. Ze zit achter een kassa. Daar leerde ze mijn vader kennen. Hij deed altijd boodschappen op zaterdagochtend. Hij zei weleens lachend dat hij naar binnen ging voor een fles melk en naar buiten kwam met een vrouw.'

'Klinkt alsof hij wel van een grapje hield,' zei Joe.

'Hij kon echt grappig zijn,' glimlachte Bob. 'Mam heeft ook nog een ander baantje. 's Avonds is ze schoonmaakster in een bejaardentehuis. Om de eindjes aan elkaar te kunnen knopen.'

'Wauw,' zei Joe. 'Wordt ze dan nooit moe?'

'Jawel. Daarom hou ik ons huis schoon en zo.'

Joe had echt medelijden met Bob. Sinds hij acht jaar geworden was, had Joe thuis nooit meer iets hoeven te doen. Alles werd gedaan door de butler of het dienstmeisje of de tuinman of de chauffeur of wie dan ook. Hij trok het briefje uit zijn zak. Als er iemand was die het geld beter kon gebruiken dan hij, dan was het Bob. 'Alsjeblieft, Bob, hou die vijftig euro.'

'Nee, ik wil het niet. Ik zou me er slecht bij voelen.'

'Laat me je dan ten minste op wat chocolade trakteren.'

'Dat sla ik niet af,' zei Bob. 'Kom, we gaan naar Raj!'

5
Oude paaseieren

DING!

Nee, lezer, dat is jouw deurbel niet. Blijf maar zitten. Zo rinkelde de bel van de winkel van Raj toen Bob en Joe de deur openduwden.

'Ah, Bob!' zei Raj. 'Mijn favoriete klant! Welkom, welkom!'

Raj baatte de plaatselijke krantenwinkel uit. Alle kinderen uit de buurt waren gek op hem. Hij was de grappige oom die je altijd al wilde hebben. En … hij verkocht ook snoepjes!

'Hoi, Raj!' zei Bob. 'Dit is Joe.'

'Hallo, Joe!' riep Raj. 'Twee dikkerdjes tegelijk in mijn winkel! De Heer moet wel erg tevreden over me zijn! Maar waarom hebben jullie bijna niks aan?'

'We zijn recht van het veldlopen hiernaartoe gekomen, Raj,' legde Bob uit.

'Geweldig! Hoe ging het?'

'Eerste en tweede …'

'Fantastisch!' riep Raj uit.

' … helemaal achteraan,' maakte Bob zijn zin af.

'Dat is niet zo goed. Maar jullie hebben vast stevige trek na al dat sporten. Waarmee kan ik jullie vandaag helpen?'

'We willen wat chocolade kopen,' zei Joe.

'Dan ben je hier op de juiste plek!' zei Raj triomfantelijk. 'Ik heb hier het ruimste assortiment lekkere chocoladerepen van de hele buurt!'

De enige winkels in de buurt waren een wasserette en een al lang gesloten bloemenwinkel, maar de jongens zeiden er maar niets van.

Joe wist heel zeker dat chocolade niet duur hoefde te zijn om lekker te zijn. Hij en zijn vader hadden zich jarenlang volgepropt met de beste Belgische en Zwitserse chocolade en ze hadden vastgesteld dat die bijlange na niet zo lekker was als een koetjesreep. Of een zakje M&M's.

Of, voor de echte fijnproevers, een Lion.

'Goed, laat het me maar weten als ik jullie kan helpen, heren,' zei Raj.

De spullen in zijn winkel waren lukraak uitgestald. Waarom lag er een stapeltje magazines naast de Tipp-Ex? Als je de zuurtjes niet kon vinden, was het heel goed mogelijk dat die onder een roddelblaadje uit 1982 verzeild geraakt waren. En moesten de Post-its echt in het vriesvak liggen?

Toch bleven de mensen uit de buurt naar de winkel komen. Omdat ze Raj aardig vonden en omdat hij hen aardig vond. Vooral Bob, want hij was een van zijn allerbeste klanten.

'We willen graag een beetje rondneuzen, dank je,' antwoordde Bob. Hij keek aandachtig naar de lange rijen snoepgoed, want hij hoopte iets bijzonders te vinden.

Geld was nu geen probleem. Joe had een briefje van vijftig in zijn zak. Ze konden zelfs een van de paaseieren kopen, waarvan de houdbaarheidsdatum al lang verstreken was.

'De Toblerone is vandaag erg lekker, jongeheren,' waagde Raj te zeggen. 'Vanmorgen vers binnengekomen.'

'We zijn gewoon aan het kijken, dank je,' antwoordde Bob beleefd.

'Het is het seizoen van de gevulde chocolade-eitjes,' probeerde de krantenverkoper nog.

'Dank je wel,' zei Joe beleefd en hij glimlachte.

'Ik zeg het maar, heren,' zei Raj. 'Ik ben hier om jullie te helpen. Als je iets wilt vragen, aarzel dan niet.'

'Zullen we niet doen,' zei Joe.

Toen bleef het heel even stil.

'Ik moet nog even zeggen dat de Bountyrepen vandaag uitverkocht zijn,' zei Raj een paar tellen later al. 'Had ik eerder moeten zeggen. Probleempje met de leverancier. Maar morgen zou ik er weer moeten hebben.'

'Fijn dat je ons dat zegt,' zei Bob.

Hij en Joe wisselden een blik.

Ze begonnen te hopen dat hij hen rustig zou laten kiezen.

'Ik kan je ook een rolletje Rolo's aanbevelen. Ik heb er net eentje gegeten en ik kan je verzekeren dat ze nu verrukkelijk smaken.'

Joe knikte beleefd.

'Ik zal je nu maar laten kiezen. Maar je weet het, ik ben er als jullie me nodig hebben.'

'Mag ik er zo eentje hebben?' Bob pakte een reusachtige reep melkchocolade op en liet hem aan Joe zien.

Joe lachte. 'Tuurlijk mag je dat!'

'Uitstekende keuze, heren,' zei Raj. 'En vandaag heb ik toevallig een reclameaanbieding. Tien kopen, één gratis.'

'Ik denk dat eentje wel genoeg is, Raj,' zei Bob.

'Vijf kopen en een halve gratis?'

'Nee, dank je,' zei Joe. 'Hoeveel kost hij?'

'Drie euro twintig cent, alsjeblieft.'

Joe haalde het briefje van vijftig tevoorschijn.

Raj keek er stomverbaasd naar. 'Lieve hemel! Zo heb ik er nooit eerder eentje gezien! Jij moet een erg rijke jongen zijn!'

'Helemaal niet,' zei Joe.

'Dat briefje heeft hij van zijn vader gekregen voor zijn verjaardag,' mengde Bob zich in het gesprek.

'Je bent een gelukzak,' zei Raj. Hij staarde naar Joe. 'Weet je, je komt me bekend voor, jongeman.'

'Echt?' zei Joe nerveus.

'Ja. Ik weet zeker dat ik je al eens ergens gezien heb.' Raj tikte met zijn wijsvinger op zijn kin terwijl hij nadacht. Bob stond verbijsterd naar hem te staren. 'Juist!' zei Raj uiteindelijk. 'Een paar dagen geleden stond er een foto van je in een magazine!'

'Ik denk dat je je vergist, Raj,' grijnsde Bob. 'Zijn vader maakt toiletrollen!'

'Dat is het!' riep Raj uit. Hij doorliep snel een stapel oude kranten en trok er een magazine uit met op de cover in grote letters *De top tien van rijke mensen.*

Joe begon in paniek te raken. 'Ik moet gaan …'

Raj bladerde vliegensvlug door het blad. 'Daar sta je!' Hij wees naar een foto van Joe, die onbeholpen vooraan op zijn racewagen zat. 'De rijkste kinderen van Groot-Brittannië,' las Raj hardop. 'Nummer één: Joe Prop, twaalf jaar oud. Erfgenaam van Bipsfris. Wordt geschat op tien biljoen.'

Een grote klont chocolade viel uit Bobs mond op de vloer. 'Tien *biljoen*?'

'Ik heb helemaal geen tien biljoen,' protesteerde Joe. 'De media overdrijven altijd. Ik heb hoogstens acht biljoen. En het grootste deel daarvan zal ik later pas krijgen.'

'Dat is nog altijd een hoop geld!' riep Bob.

'Ja, waarschijnlijk wel.'

'Waarom heb je me dat niet verteld? Ik dacht dat we vrienden waren!'

'Het spijt me,' stamelde Joe. 'Ik wilde gewoon normaal

zijn. Het is echt pijnlijk om de zoon van een toiletpapier-miljonair te zijn.'

'Nee, nee, nee, je zou trots moeten zijn op je vader!' riep Raj. 'Uit zijn verhaal kunnen we allemaal iets leren. Een heel gewone man werd biljonair door een heel gewoon idee!'

Zo had Joe zijn vader nog nooit bekeken.

'Leonard Prop bracht een radicale verandering teweeg in de manier waarop we ons achterwerk schoonvegen!' gniffelde Raj.

'Bedankt, Raj.'

'Vertel je vader maar dat ik sinds kort ook Bipsfris gebruik en dat ik het geweldig vind! Mijn bips heeft nooit eerder zo geschitterd! Fijne dag nog en tot de volgende keer!'

De jongens liepen zwijgend door de straat. Het enige geluid was dat van Bob die restjes chocolade van tussen zijn tanden zoog.

'Je hebt tegen me gelogen,' zei Bob.

'Wel ...' Joe voelde zich ongemakkelijk. 'Ik heb je toch verteld dat hij toiletrollen maakt.'

'Ja, maar ...'

'Ik weet het. Het spijt me.' Het was Joe's eerste schooldag en zijn geheim was al geen geheim meer. 'Hier, het wisselgeld is voor jou.' Hij trok twee briefjes van twintig uit zijn zak.

Bob keek gekwetst. 'Ik wil je geld niet.'

'Maar ik ben biljonair!' zei Joe. 'En mijn vader heeft

ziljoenen! Ik weet niet eens hoeveel dat is, maar wel dat het een hele hoop geld is. Pak aan. En hier, neem die ook maar.' Hij trok een rol briefjes van vijftig uit zijn zak.

'Ik wil het niet,' zei Bob.

Op Joe's gezicht verschenen rimpels van ongeloof. 'Waarom niet?'

'Omdat je geld me koud laat. Ik vond het gewoon leuk om vandaag met je op te trekken.'

Joe glimlachte. 'En ik vond het leuk met jou op te trekken.' Hij kuchte. 'Luister, het spijt me echt. Alleen ... de kinderen op mijn oude school pestten me omdat ik de jongen van Bipsfris was. Ik wilde gewoon een normale jongen zijn.'

'Dat begrijp ik,' zei Bob. 'Ik bedoel ... Zullen we helemaal opnieuw beginnen?'

'Ja,' zei Joe.

Bob bleef staan en stak zijn hand uit. 'Ik ben Bob,' zei hij.

Joe drukte zijn hand. 'Joe Prop.'

'Geen andere geheimen?'

'Nee,' glimlachte Joe. 'Verder niks.'

'Goed,' zei Bob en hij glimlachte ook.

'Je zult het op school toch aan niemand vertellen?' zei Joe. 'Dat ik biljonair ben. Ik vind het echt pijnlijk. Vooral als ze erachter komen hoe mijn vader rijk geworden is. Alsjeblieft?'

'Oké, als je dat niet wilt ...'

'Ik wil het niet. Echt niet.'

'Dan zal ik het aan niemand vertellen.'

'Dank je.'

Ze liepen verder door de straat.

Maar enkele passen verder kon Joe gewoon niet meer wachten. Hij keek naar Bob, die al de helft van de reusachtige snoepreep weggewerkt had. 'Mag ik ook wat chocolade hebben?' vroeg hij.

'Tuurlijk.' Bob brak voor zijn vriend een heel klein stukje van de reep. 'Eerlijk delen!'

6

De Larven

'Hé, Bobbel!' riep iemand achter hen.

'Gewoon doorlopen,' zei Bob.

Joe keek even achterom en ving een glimp op van een tweeling. Ze zagen er angstaanjagend uit, als gorilla's in mensenkleren. Dat moeten de Larven zijn, over wie Bob het had, dacht Joe.

'Niet omkijken,' zei Bob. 'Ik meen het. Gewoon doorlopen!'

Heel even dacht Joe eraan dat hij nu behaaglijk op de achterbank van de Rolls-Royce met chauffeur had kunnen zitten, in plaats van naar de bushalte te lopen.

'Dikzak!'

Joe en Bob begonnen sneller te lopen. Ze hoorden voetstappen achter zich. Het was nog vroeg, maar de lucht begon toch al te verduisteren. De straatlampen floepten aan en er vielen vlekken geel licht op de natte grond.

'Vlug, hierheen,' zei Bob.

De jongens haastten zich een steegje in. Daar verstopten ze zich achter een reusachtige groene afvalcontainer, die aan de achterkant van een Italiaans restaurant stond.

'Ik denk dat we hen afgeschud hebben,' fluisterde Bob.

'Zijn dat de Larven?' vroeg Joe.

'Sst! Niet zo hard!'

'Sorry,' fluisterde Joe.

'Ja, het zijn de Larven.'

'Die jou pesten?'

'Dat zijn ze. Een identieke tweeling. Dave en Sue Larf.'

'*Sue*? Is een van die twee een meisje?' Joe wist heel zeker dat hij twee ruw behaarde gezichten gezien had toen hij even omkeek.

'Ja, Sue is een meisje,' zei Bob alsof Joe een stomme vraag gesteld had.

'Dan kunnen ze geen identieke tweeling zijn,' fluisterde Joe. 'Ik bedoel, als de ene Larf een jongen is en de andere een meisje ...'

'Je zult wel gelijk hebben. Maar niemand weet wie van de twee wie is.'

Toen hoorden ze voetstappen dichterbij komen.

'Ik ruik dikke jongens!' zei iemand aan de andere kant van de container.

De Larven rolden de container weg en de twee jongens zaten daar open en bloot op hun hurken. Joe bekeek de tweeling nu eens goed. Bob had gelijk. De Larven waren identiek. Ze hadden allebei hetzelfde stekeltjeshaar, behaarde knokkels en een snor. En dat maakte hen echt niet mooier.

54

Zullen we even *Zoek de verschillen* spelen?

Kun jij de tien verschillen tussen deze twee vinden?

Nee, dat kun je niet. Ze lijken als twee druppels water op elkaar.

Er ging een koude windvlaag door het steegje. Een leeg blikje rolde over de grond. Er rukte iets aan de takken van de struiken.

'Hoe heb je vandaag kunnen veldlopen zonder je gym-

pak, Bobbel?' gniffelde een van de Larven.

'Ik wist dat jullie het weggenomen hadden!' antwoordde Bob kwaad. 'Wat heb je ermee gedaan?'

'Het ligt in het kanaal,' grinnikte de andere Larf.

'Geef ons je chocolade!'

Zelfs aan hun stem kon je niet horen wie Dave was en wie Sue. Hun stemmen gingen zelfs in één zin van hoog naar laag.

'Ik wil er wat van mee naar huis nemen voor mijn moeder,' protesteerde Bob.

'Kan me niet schelen,' zei de ene Larf.

'Geef op, jij kleine ****,' zei de andere.

Ik moet toegeven, lezer, dat de **** een grof woord vervangen. Andere grove woorden worden ook door **** vervangen en een ongelooflijk grof woord zelfs door **********. Als jij geen grove woorden kent, moet je je vader of moeder, of een van je leerkrachten, of een andere betrouwbare volwassene maar vragen een lijstje voor je te maken.

Hier volgen alvast enkele scheldwoorden die ik ken:

Appelflap
Zoetwatermossel
Bollewangenhapsnoet
Brulkip
Bleekscheet

Yoghurtpisser
Oelewapper
Oorsmeerworst
Flapdrol
Jandoedel
Hangbuikzwijn
Bibberkont
Pleeborstel
Klootzak
Mafketel
Melkmuil
Broekplasser
Huppeltrut
Mormel
Mafkikker
Minkukel
Zeemlap
Zeepsmoel
Tongblaar
Bladluis
Doedelzak
Lapzwans
Gehaktbal
Krentenkeutel
Heikneuter
Muizenstrontje

Keutelbaviaan
Tapijtkever
Tringeltrangel
Neanderthaler
Druiloor
Dwergpapegaai
Polderkoe
Schijndode
Snijboon
Hansworst
Snotterkuiken
Hangoor
Flop
Randdebiel
Bim bam
Etterbak
Keutelbaviaan
Kneus
Kakmadam
Azijnpisser
Kwakzalver
Tuta
Paashaas
Pokkejong
Pipo
Al die woorden zijn zo grof dat ik me zelfs niet kan inden-

ken dat ik ze in dit boek zou schrijven.

'Laat hem met rust,' zei Joe. Maar hij had er onmiddellijk spijt van dat hij nu alle aandacht naar zich toe getrokken had.

De Larven kwamen een stap in zijn richting.

'Of wat?' zei ofwel Dave ofwel Sue.

Hun adem stonk naar de snoep die ze net afgepakt hadden van een klein meisje.

'Of …' Joe pijnigde zijn hersens om iets te bedenken wat de twee pestkoppen voor altijd zou doen zwijgen. 'Of jullie zullen me heel erg teleurstellen.'

Dat klonk niet goed.

De Larven lachten. Ze gristen wat nog overbleef van de chocoladereep uit Bobs hand. Daarna grepen ze hem bij zijn armen en terwijl hij luidkeels om hulp riep, tilden ze hem op en zetten hem in de container. En voor Joe nog iets kon zeggen, dansten ze lachend weg met hun mond vol gestolen chocolade.

Joe sleepte een houten krat tot bij de container en ging erop staan. Hij leunde over de rand van de container en pakte Bob onder zijn oksels. Met alle macht begon hij zijn zware vriend uit de container te trekken.

'Gaat het wel?' vroeg hij terwijl hij met Bobs gewicht worstelde.

'Ja, hoor,' zei Bob. 'Ze doen dat bijna elke dag met me.' Hij plukte een paar spaghettislierten en wat Parmezaanse

kaas uit zijn haar. Die hingen er misschien al sinds de Larven hem de vorige keer in de container gedumpt hadden.

'Waarom vertel je het niet aan je moeder?' zei Joe.

'Ik wil niet dat ze zich zorgen over me maakt,' antwoordde Bob. 'Ze heeft al genoeg aan haar hoofd.'

'Misschien moet je het aan een van de leerkrachten vertellen.'

'De Larven hebben gezegd dat ze me echt in elkaar zullen slaan als ik het aan iemand durf te vertellen,' zei Bob. 'Ze weten waar ik woon en zelfs als ze van school gestuurd worden, zullen ze me weten te vinden.' Hij keek alsof hij zou gaan huilen.

Joe kon er niet goed tegen dat zijn vriend zo van streek was.

'Ooit zal ik het hun betaald zetten. Zeker weten. Mijn vader zei altijd dat je pestkoppen alleen kunt doen ophouden door hen te trotseren. En op een dag zal ik dat doen.'

Joe keek naar zijn nieuwe vriend. Die stond daar in zijn ondergoed en hij hing vol restjes Italiaans eten. Joe stelde zich voor wat er zou gebeuren als Bob zich verweerde tegen de Larven. De dikke jongen zou ingemaakt worden.

Maar er is misschien een andere mogelijkheid, dacht Joe. Misschien kan ik ervoor zorgen dat de Larven hem voor altijd met rust laten.

Hij glimlachte. Het zat hem nog altijd niet lekker dat hij Bob geld gegeven had om als laatste aan te komen bij het veldlopen. Nu kon hij dat goedmaken. Als zijn plan lukte, zouden hij en Bob meer dan gewone vrienden zijn. Ze zouden *boezemvrienden* zijn.

7

Woestijnrat op toast

'Ik heb iets voor je gekocht,' zei Joe.

Hij en Bob zaten op de bank op het schoolplein. Ze keken naar de meer beweeglijke kinderen, die aan het voetballen waren.

'Het is niet omdat je biljonair bent dat je me iets moet kopen,' zei Bob.

'Dat weet ik, maar …' Joe trok een reusachtige reep chocolade uit zijn tas.

Bob kon niet verbergen dat zijn ogen een beetje oplichtten.

'We kunnen hem delen,' zei Joe. Hij brak een heel klein stukje van de reep en brak dat hele kleine stukje in tweeën.

Bobs gezicht versomberde.

'Grapje!' zei Joe. 'Pak aan.' Hij stak de reep uit naar Bob.

'O nee!' zei Bob.

'Wat is er?' vroeg Joe.

Bob strekte zijn arm uit. De Larven kwamen langzaam over het schoolplein in hun richting. Dwars tussen het voetbalspel door. Maar niemand durfde daar iets van te zeggen.

'Vlug, laten we ervandoor gaan,' zei Bob.

'Waarheen?'

'Naar de eetzaal. Daar durven ze niet te komen. Dat durft niemand.'

'Waarom niet?'

'Zul je wel zien!'

Toen ze er binnenstormden, was de eetzaal helemaal leeg. Op mevrouw Klodder, de kantinejuf, na.

Een paar tellen later vielen ook de Larven er binnen. Joe kon nog altijd niet zien wie wie was.

'Als je niet komt eten, eruit!' schreeuwde mevrouw Klodder.

'Maar mevrouw Klodder …' zei ofwel Dave ofwel Sue.

'ERUIT, ZEI IK!'

De tweeling schuifelde onwillig achteruit.

Joe en Bob schoven aarzelend naar de toonbank toe.

Mevrouw Klodder was een lange, lachende ziel van kantinejuffenleeftijd. Bob had Joe onderweg verteld dat ze best wel vriendelijk was, maar dat haar eten walgelijk was. De schoolkinderen wilden nog liever sterven van honger dan iets te eten wat zij gekookt had. En wie weet, misschien *gingen* ze wel dood als ze iets aten wat zij gekookt had.

'Wie is dat?' vroeg mevrouw Klodder en ze staarde naar Joe.

'Dit is mijn vriend Joe,' zei Bob.

Ondanks de walgelijke geur in de kantine voelde Joe een warme golf door zich heen gaan. Nooit eerder had iemand hem zijn vriend genoemd!

'En waar hebben jullie vandaag trek in, jongens?' vroeg
mevrouw Klodder met een warme glimlach. 'Ik heb heel
lekkere pastei van das en uien. Gefrituurde brokjes roest.
En voor de vegetariërs heb ik aardappels in de schil met
tenenkaas.'

'Mmm, klinkt allemaal lekker!' loog Bob.

De Larven stonden naar hen te staren door het groezelige raam.

Het eten van mevrouw Klodder was echt afschuwelijk.
Een typisch weekmenu voor de schoolkantine zag er zo
uit:

Maandag

Soep van de dag – Wesp

Woestijnrat op toast

Of

Haarlasagne (vegetarisch)

Of

Baksteenkotelet

Allemaal opgediend met gefrituurd karton

Dessert – Een plakje zweetcake

Dinsdag

Soep van de dag – Rupsenconsommé

Macaroni met snotsaus (vegetarisch)

Of

Gebraad van op straat overreden dieren

Of

Pantoffelfrittata

Allemaal opgediend met een slaatje
van spinnenwebben

Dessert – IJsje met teennagels

Woensdag

Soep van de dag - Egelroomsoep

Papegaaienkedgeree

(kan sporen van nootjes bevatten)

Of

Risotto van hoofdroos

Of

Broodsandwich

(sneetje brood tussen

twee sneetjes brood)

Of

Verkoolde kat (gezonde voeding)

Of

Grondbolognese

Allemaal opgediend met ofwel gekookt hout ofwel ijzervijlsel

Dessert – Taartje met eekhoornkeutels en roomsaus

of

Roomijs

Donderdag: Indiase dag

Soep van de dag – Tulband

Om te beginnen – Papieren papadums
(A4- of A3-formaat) met chutney

Hoofdschotel – Tandoori van vochtige doekjes
(veganistisch)

Of

Mottenkorma (pikant)

Of

Vindaloo met watersalamander (erg pikant)

Allemaal opgediend met neuskeutelsbhaji's

Dessert – Een verfrissend zandsorbetje

Vrijdag

Soep van de dag – Moerasschildpad

In een pan gebakken ottersteaks

Of

Uilenquiche (koosjer)

Of

Gekookte poedel (niet voor vegetariërs)

Allemaal opgediend met een schepje jus

Dessert – Muizenmousse

'Geen gemakkelijke keuze …' zei Bob. Hij liet wanhopig zijn ogen over de uitgestalde borden glijden, op zoek naar iets eetbaars. 'Hm, ik denk dat we alleen maar twee aardappels in de schil zullen nemen.'

'Kan ik de mijne misschien zonder de tenenkaas krijgen, alstublieft?' vroeg Joe haast smekend.

Bob keek hoopvol naar mevrouw Klodder.

'Ik kan er wat brokjes oorsmeer over strooien als je dat liever hebt,' stelde ze glimlachend voor. 'Of een beetje hoofdroos …'

'Hm, ik denk dat ik hem maar gewoon zonder iets erop zal nemen,' zei Joe.

'Met een beetje gekookte schimmel erbij misschien?' Mevrouw Klodder zwaaide met een grote lepel vol met iets afschuwelijk groens. 'Jullie zijn nog volop in de groei …'

'Ik ben een dieet aan het volgen, mevrouw Klodder,' zei Joe.

'Ik ook,' zei Bob.

'Dat is jammer, jongens,' zei de kantinejuf teleurgesteld. 'Ik heb vandaag een fantastisch dessert. Kwalletjes met custard.'

'Dat is ook mijn favoriete dessert!' zei Joe. 'Maar laat maar zitten.'

Hij nam zijn bord mee naar een van de lege tafeltjes en ging zitten. Hij stak zijn mes en zijn vork in de aardappel en stelde vast dat mevrouw Klodder die niet gekookt had.

'Hoe vind je de piepers?' riep ze door de eetzaal.

'Heel lekker, dank u wel, mevrouw Klodder!' riep Joe terug en hij duwde zijn rauwe aardappel nog een keer over zijn bord. Er hing wat aarde aan en hij zag er een made uit kruipen. 'Ik heb niet graag dat ze te gaar zijn! Deze is prima!'

'Goed zo,' zei mevrouw Klodder.

Bob probeerde op een stukje aardappel te kauwen, maar het was echt niet te eten en hij begon te huilen.

'Is er iets, jongen?' riep mevrouw Klodder.

'Nee, hoor,' zei Bob. 'Het is zo lekker dat ik ervan ga huilen!'

RRRRRIIIIIIIIIIIIIINNNNGGGG!

Ook nu was dat jouw deurbel niet, lezer. Het was het belsignaal dat aangaf dat de lunchpauze afgelopen was.

Joe slaakte een zucht van opluchting. De lunchtijd was voorbij. 'O, wat jammer, mevrouw Klodder!' zei hij. 'We moeten nu naar wiskunde!'

Mevrouw Klodder hinkte naar hun tafeltje en keek naar hun borden. 'Jullie hebben haast niks gegeten!' zei ze.

'Het spijt me,' zei Joe. 'Het was nogal machtig eten. Maar wel heel erg lekker.'

'Hm,' sloot Bob zich daarbij aan. Hij was nog altijd aan het huilen.

'Niet erg, hoor!' zei mevrouw Klodder. 'Ik zal ze voor jullie in de koelkast zetten, dan kun je ze morgen verder opeten.'

Joe en Bob wisselden een blik vol afschuw.

'Ik wil u echt geen last bezorgen,' zei Joe.

'Heel graag gedaan, hoor! Ik zie jullie dus morgen. Dan heb ik iets bijzonders. We herdenken de aanval op Pearl Harbour. Daarom is het morgen een Japanse dag. Ik maak dan sushi met okselhaar en tempura met kikkervisjes … Jongens? … Jongens? …'

'Ik denk dat de Larven weg zijn,' zei Bob toen ze naar buiten slopen. 'Ik moet even plassen.'

'Ik wacht wel op je,' zei Joe. Hij leunde tegen de muur terwijl Bob door een deur verdween. Meestal zou Joe gezegd hebben dat de toiletten vies roken. Hij zou het afschuwelijk gevonden hebben er gebruik van te moeten maken, want hij was thuis erg luxueuze toiletten gewend. Maar de waarheid was dat het in het toilettenblok lang niet zo erg stonk als in de eetzaal.

Plots voelde Joe dat er twee personen achter hem opgedoken waren. Hij hoefde zich niet om te draaien, hij wist dat het de Larven waren.

'Waar is hij?' vroeg de ene.

'Hij is in het jongenstoilet,' zei Joe. 'Maar jullie mogen daar niet naar binnen. Ik bedoel, toch niet allebei.'

'Waar is de chocoladereep?' vroeg de andere.

71

'Bob heeft die,' zei Joe.

'We zullen hier wel op hem wachten,' zei de Larf.

De andere Larf draaide zich naar Joe toe met een dodelijke blik in zijn ogen. 'Geef ons een euro. Of heb je liever een lamme arm?'

Joe slikte. 'Weet je … weet je dat ik blij ben dat ik jullie zie, jongens. Jongen en meisje, natuurlijk …'

'Natuurlijk,' zei Dave of Sue. 'Geef ons een euro.'

'Wacht even,' zei Joe. 'Ik bedoel … Ik vroeg me af …'

'Maak een van zijn armen lam, Sue,' zei een van de Larven. En zo verraadde hij voor het eerst wie van hen het meisje was en wie de jongen. Maar toen grepen ze Joe allebei vast en zwaaiden hem in het rond, en daardoor wist hij het weer niet meer.

'Nee!' zei hij. 'Wacht even! Ik was eigenlijk van plan jullie een voorstel te doen …'

8
De heks

RRRRRiiiiiiiiiiiiiNNNNGGGG!

'De bel is er voor mij, niet voor jullie!' zei juf Spits scherp.

Leerkrachten zeggen dat graag. Het is een van hun clichés, maar dat wist je natuurlijk wel.

De top tien van leerkrachtenclichés aller tijden ziet er zo uit:

 Op tien ... 'Lopen, niet rennen!'

 Stevig op negen ... 'Ben je aan het kauwen?'

 Drie plaatsen gestegen naar acht ... 'Ik hoor je nog altijd praten.'

 Vroeger op nummer één, nu op zeven ... 'Discussie is uitgesloten.'

 Net binnengekomen op zes ... 'Hoe vaak moet ik je dat nog zeggen?'

Eén plaats gezakt naar vijf … 'Spelling!'

 Stevig op vier … 'Ik wil hier geen rommel!'

 Nieuw op drie … 'Je wilt toch slagen voor je examen?'

 Net niet op één … 'Doe je dat thuis ook?'

En nog altijd op één … 'Je hebt niet alleen jezelf te schande gemaakt, maar de hele school!'

Juf Spits gaf geschiedenis. Juf Spits rook naar rotte kool. En dat was nog het leukste aan haar. Ze was op school een van de meest gevreesde leerkrachten. Als ze glimlachte, leek ze op een krokodil die je wilde opeten. Juf Spits deed niets liever dan straf geven. Ze had zelfs eens een meisje van school gestuurd omdat ze in de kantine een erwt op de vloer had laten vallen.

'Die erwt had iemand een oog kunnen kosten!' had ze gegild.

De schoolkinderen vonden het leuk bijnamen te verzinnen voor hun leerkrachten. Sommige waren lief, andere wreed. Meneer Paxton van Frans was Tomaat, want hij had een dik, rond gezicht, dat op een tomaat leek. De directeur, meneer Stoffels, werd Schildpad genoemd, want zo zag hij eruit. Hij was erg oud, had een heel rimpelig gezicht en bewoog onvoorstelbaar traag. De onderdirecteur heette Axel, maar ze noemden hem meneer Oksel, want hij rook vaak naar zweet, vooral in de zomer. En de bijnaam van mevrouw MacDonald, de biologiejuf, was de Vrouw met de Baard, want ze ... ach, je kunt wel raden waarom.

Juf Spits noemden de kinderen gewoon de Heks. Dat was de enige bijnaam die bij haar paste en hij werd altijd aan de volgende generatie doorgegeven.

Maar alle kinderen aan wie ze lesgaf, slaagden voor hun examen. Ze durfden gewoon geen onvoldoende te halen.

'Laten we het eens even hebben over jullie huiswerk van gisteravond,' zei juf Spits.

Uit het boosaardige ondertoontje konden de kinderen afleiden dat ze wanhopig op zoek was naar iemand die zijn huiswerk niet gemaakt had.

Joe stak zijn hand in zijn schooltas. Ramp. Zijn schrift zat er niet in. Hij had de hele avond geschreven aan een vreselijk vervelend verslag van vijfhonderd woorden over een of andere oude, dode koningin. Maar in zijn haast om op tijd op school te zijn had hij het schrift waarschijnlijk op zijn bed laten liggen.

O nee! dacht hij. O nee nee nee nee nee …

Hij keek naar Bob, maar zijn vriend kon hem alleen maar een meelevende blik toewerpen.

Juf Spits sloop door de klas als een Tyrannosaurus Rex die nog niet zeker wist welk schepseltje hij als eerste zou verslinden. En ze keek duidelijk teleurgesteld toen een heleboel groezelige handjes hun schrift in de lucht staken. Ze pakte ze allemaal aan voor ze vlak voor Joe bleef staan.

'Juf …' stamelde hij.

'Jaaa, Prooopje?' zei juf Spits. Ze rekte de woorden om lang van het heerlijke moment te kunnen genieten.

'Ik heb het wel gemaakt, maar …'

'O ja! Natúúrlijk heb je het gemaakt!' giechelde de Heks.

Alle andere kinderen, behalve Bob, grinnikten. Ze konden zich niets leukers voorstellen dan dat iemand anders in het nauw zat.

'Ik heb het thuis laten liggen.'

'Rotzooi opruimen op het schoolplein!' snauwde juf Spits.

'Ik lieg niet, juf. Ik denk dat mijn vader vandaag thuis is, ik zou …'

'Ik had het kunnen weten. Je vader is vast en zeker blut en werkloos. Hij zal thuis wel de hele dag tv zitten te kijken. Net zoals jij over een jaar of tien. Juist?'

Joe en Bob konden het niet laten even naar elkaar te grijnzen.

'Eh ...' zei Joe. 'Als ik hem opbel en vraag of hij me mijn schrift wil brengen, gelooft u me dan?'

Juf Spits glimlachte breed. Ze genoot ervan. 'Propje, je krijgt precies vijftien minuten om me het gevraagde schrift te overhandigen. Ik hoop dat je vader zich haast.'

'Maar ...' begon Joe.

'Niets te maren, jongen. Vijftien minuten.'

'Tja, bedankt, juf,' zei Joe sarcastisch.

'Graag gedaan, hoor!' zei de Heks. 'Ik wil iedereen graag een eerlijke kans geven om zijn fouten recht te zetten.' Ze draaide zich naar de andere kinderen. 'Jullie mogen vertrekken,' zei ze.

De kinderen stroomden naar de gang.

Juf Spits ging op haar tenen staan. 'Lopen, niet rennen!' schreeuwde ze hen na. Ze kon het niet laten er nog een cliché aan toe te voegen. Juf Spits was de koningin van de clichés en nu was ze niet te stoppen. 'Discussie is uitgesloten!' riep ze in het wilde weg. Nu kwam ze pas goed op dreef. 'Ben je aan het kauwen?' krijste ze tegen een inspecteur die net door de gang liep.

'Vijftien minuten, juf?' zei Joe.

Juf Spits keek aandachtig op haar antieke horloge. 'Veertien minuten, eenenvijftig seconden om precies te zijn.'

Joe slikte. Zou zijn vader er zo snel kunnen zijn?

9

'Vinger?'

'Vinger?' vroeg Bob en hij stak de helft van zijn Twix uit naar zijn vriend.

'Dank je, maat,' zei Joe. Ze stonden in een rustig hoekje van het schoolplein en dachten na over het sombere vooruitzicht van Joe.

'Wat ga je nu doen?' vroeg Bob.

'Geen idee. Ik heb mijn vader een berichtje gestuurd, maar ik zie niet in hoe hij hier in een kwartier zou kunnen zijn. Wat kan ik doen?'

Er tuimelden een paar ideeën door zijn hoofd ...

Hij kon een tijdmachine uitvinden, terug in de tijd reizen en zijn huiswerk niet vergeten mee te nemen. Maar dat was misschien te ingewikkeld.

Hij kon terug naar de klas gaan en tegen juf Spits zeggen dat 'de tijger zijn huiswerk opgegeten had'. Dat zou maar een halve leugen zijn, want de Props hadden echt een privédierentuin en een tijger. Geoff heette die. En hun alligator heette Jenny.

Non worden. Hij zou dan in een nonnenklooster wonen

en de hele dag bidden en hymnes zingen en andere religieuze dingen doen. In het klooster zou hij veilig zijn voor juf Spits en zwart stond hem goed, maar hij zou zich daar misschien gaan vervelen.

Op een andere planeet gaan wonen. Venus is vrij dichtbij, maar misschien was het veiliger naar Neptunus te gaan.

De rest van zijn leven onder de grond doorbrengen. Misschien kon hij zelfs een stam stichten van ondergrondse aardbewoners en een geheime samenleving creëren van mensen die hun huiswerk niet ingeleverd hadden bij juf Spits.

Plastische chirurgie laten uitvoeren en een andere naam kiezen. Dan kon hij verder leven als een oude dame die Winnie heette.

Onzichtbaar worden. Maar hij had er geen idee van hoe dat zou kunnen.

Naar de boekhandel rennen en *Hoe brainwash je iemand in tien minuten* van Professor Stephen Haast kopen. En dan juf Spits heel snel hypnotiseren, zodat ze zou denken dat hij zijn huiswerk al afgegeven had.

Zich vermommen als een bord spaghetti bolognese.

De schoolverpleegster omkopen om tegen juf Spits te zeggen dat hij gestorven was.

Zich de rest van zijn leven in een struik verstoppen. Hij zou daar kunnen overleven op een dieet van pieren en larven.

Zich helemaal blauw verven en zeggen dat hij een smurf was.

Joe kreeg amper de tijd om over al die mogelijkheden na te denken. Achter hun rug doken twee bekende figuren op.

'Bob,' zei een van hen. De stem klonk niet hoog of laag genoeg om eruit te kunnen afleiden welke Larf het was.

De jongens draaiden zich om.

Bob had genoeg van het ruziën en hij gaf zijn Twix-vinger gedwee af. Hij had er nog maar een klein stukje afgebeten. 'Maak je maar geen zorgen,' fluisterde hij tegen Joe. 'Ik heb een heleboel Smarties in mijn sok gestopt.'

'We willen je Twix niet,' zei Larf nummer één.

'Nee?' zei Bob. Zijn hersens begonnen op volle toeren te draaien. Wisten de Larven het van de Smarties?

'Nee, we willen je zeggen dat het ons heel erg spijt dat we je gepest hebben,' zei Larf nummer twee.

'En om het goed te maken willen we je uitnodigen voor de thee,' voegde Larf nummer één eraan toe.

'Voor de thee?' vroeg Bob stomverbaasd.

'Ja,' vervolgde Larf nummer twee. 'En dan kunnen we samen misschien ook Monopoly spelen.'

Bob keek naar zijn vriend, maar Joe haalde alleen zijn schouders op.

'Dank je wel, jongens … Ik bedoel jongen en meisje, natuurlijk …'

'Natuurlijk,' zei een niet van de andere te onderscheiden Larf.

' … maar ik heb het vanavond nogal druk,' vervolgde Bob.

'Misschien een andere keer dan,' zei een Larf en ze slenterden weg.

'Dat was vreemd,' zei Bob. Hij haalde enkele Smarties tevoorschijn, die nu lichtjes naar zijn sok smaakten. 'Ik kan me echt niet voorstellen dat ik een avond Monopoly zou gaan spelen met die twee. In geen honderd jaar!'

'Ja, ik vond het ook vreemd …' Joe keek snel een andere kant uit.

Net op dat moment overstemde een oorverdovend gebrul alle geluiden op het schoolplein. Joe keek omhoog. Boven hun hoofd hing een helikopter. De spelende kinderen hielden onmiddellijk op met voetballen en renden weg van de plek waar het tuig begon te dalen. Honder-

den lunchpakketten werden in de lucht geslingerd door de
kracht van de propellers. Pakjes chips, chocolaatjes en zelfs
een potje yoghurt dansten in de wervelende lucht en vielen
op de grond toen de motor en de propellers langzaam stil-
vielen.

Meneer Prop sprong van de passagiersstoel en rende
over het schoolplein met een schrift.

O nee! dacht Joe.

Meneer Prop hield met allebei zijn handen een bruin

toupetje op zijn hoofd en hij droeg een goudkleurige overall met in fonkelende letters BIPSVLUCHT op zijn rug.

Joe dacht dat hij het zou besterven van verlegenheid.
Hij probeerde zich achter een andere jongen te verstoppen, maar daarvoor was hij te dik en zijn vader zag hem
staan.

'Joe!' riep meneer Prop. 'Joe! Ah, daar ben je dan!'

Alle andere kinderen staarden naar Joe Prop. Ze hadden
nooit veel aandacht besteed aan die kleine, dikke nieuwe

leerling. Maar nu bleek dat zijn vader een helikopter had. Een echte helikopter! Wauw!

'Hier is je huiswerk, jongen. Ik hoop dat ik op tijd ben. En ik heb je geld vergeten te geven om te lunchen. Hier, vijfhonderd euro.' Meneer Prop trok een pak gloednieuwe briefjes van vijftig uit zijn portefeuille van zebravel.

Alle kinderen keken vol afgunst toe, maar Joe duwde de hand met het geld weg.

'Zal ik je om vier uur komen ophalen, jongen?' vroeg meneer Prop.

'Dank je, papa, maar het hoeft niet,' mompelde Joe met zijn ogen op de grond gericht. 'Ik neem de bus wel.'

'Mij mag je best komen ophalen met je helikopter, maat!' zei een van de oudere jongens.

'Mij ook!' riep een andere.

'En mij!'

'Mij!'

'MIJ!'

'HAAL MIJ OP!'

Alle kinderen op het schoolplein begonnen te roepen en te zwaaien om de aandacht te trekken van die kleine, dikke man in zijn goudkleurige overall.

Meneer Prop lachte. 'Misschien kun je enkele vrienden uitnodigen voor het weekend, dan kunnen ze allemaal even met de helikopter meevliegen!'

Luid gejuich overspoelde het hele schoolplein.

'Maar, pap …' Dat was echt het allerlaatste wat Joe wilde. Dan zou iedereen kunnen zien dat ze in een schandelijk groot huis woonden en allerlei geschifte dingen bezaten. Hij keek op zijn plastic digitale horloge. Hij had nog maar dertig seconden.

'Ik moet me haasten, pap,' flapte hij eruit. Hij rukte het schrift uit de handen van zijn vader en holde naar het hoofdgebouw, zo snel als zijn korte, dikke beentjes dat toelieten.

Op de trap rende hij langs de onwaarschijnlijk oude directeur, die met de traplift naar beneden schoof. Meneer Stoffels zag er zowat honderd jaar uit, maar hij was vast nog ouder. Hij was beter geschikt om in het Natuurhistorisch Museum tentoongesteld te worden dan om aan het hoofd van een school te staan, maar hij was volkomen ongevaarlijk.

'Lopen, niet rennen!' mompelde hij. Zelfs heel erg oude leerkrachten zijn gek op clichés.

Toen hij zich door de gang haastte naar het lokaal waar juf Spits op hem wachtte, drong het tot Joe door dat de halve school hem volgde. Hij hoorde zelfs iemand 'Hé, Bipsfrisjongen!' roepen.

Heel even werd Joe daardoor van zijn stuk gebracht, maar hij liep door en viel het klaslokaal binnen.

Daar stond de Heks, horloge in de hand.

'Ik heb het, juf Spits!' riep Joe.

'Vijf seconden te laat!' riep de Heks.

'Dat kunt u niet menen, juf!' Joe kon niet geloven dat iemand zo gemeen kon zijn. Hij keek om en zag dat honderden kinderen naar hem stonden te kijken achter de grote ruit. Ze wilden zo graag een glimp opvangen van de rijkste jongen van de school, of misschien wel van de hele wereld, dat ze hun neus platdrukten tegen het glas. Ze leken wel een kudde biggetjes.

'Rotzooi opruimen op het schoolplein!' zei juf Spits.

'Maar, juf …'

'Een hele week rotzooi opruimen!'

'Juf …'

'Een hele maand rotzooi opruimen!'

Joe besloot maar niets meer te zeggen. Hij glipte naar de deur en trok die achter zich dicht. In de gang staarden honderden kinderoogjes hem aan.

'Hé, Joe Biljoen!' riep iemand met een diepe stem achteraan.

Het was een van de oudere jongens, maar Joe wist niet welke. In het hoger hadden *alle* jongens een snor en een Ford Fiesta.

Alle kleine mondjes in de gang lachten.

'Leen ons een miljoen!' riep iemand.

Het lachen klonk nu zo oorverdovend dat de lucht ervan betrok.

Mijn leven is voorgoed voorbij, dacht Joe.

10
Hondenspeeksel

Toen Joe zich over het schoolplein naar de eetzaal repte, zwermden alle andere kinderen om hem heen. Hij keek naar de grond. Hij wilde helemaal geen superster zijn.

Overal om hem heen werd er geroepen.

'Hé, Poepjongen, ik wil je beste vriend zijn!'

'Mijn fiets is gepikt. Koop me een nieuwe, maat!'

'Leen ons vijf euro …'

'Laat me je lijfwacht zijn!'

'Ken jij Justin Timberlake?'

'Mijn opoe heeft een nieuw huisje nodig, geef ons honderdduizend euro, toe!'

'Hoeveel helikopters hebben jullie?'

'Waarom kom je naar school als je zo *rijk* bent?'

'Mag ik je handtekening?'

'Zullen we zaterdagavond een geweldig feestje geven bij je thuis?'

'Mag ik een voorraad pleepapier waar ik mijn hele leven mee toekom?'

'Koop de school en ontsla alle leerkrachten!'

'Wil je me geen zak Maltesers kopen? Of één Malteser? Wat ben jij geméén!'

Joe begon te rennen. De menigte begon ook te rennen. Joe vertraagde. De menigte vertraagde ook. Joe keerde om en liep de andere kant op. De menigte keerde om en liep de andere kant op.

Een klein, roodharig meisje probeerde zijn tas te pakken en hij stompte haar hand weg met zijn vuist.

'Au!' riep ze. 'Misschien is mijn hand wel gebroken. Dan daag ik je voor het gerecht en eis ik tien miljoen!'

'Sla me!' zei een andere stem.

'Nee, mij!' zei nog een andere. 'Sla mij!'

Een lange jongen met een bril had een beter idee. 'Geef me een trap tegen mijn been en geef me twee miljoen, dan hoeven we niet naar de rechtbank! Alsjeblieft?'

Joe rende naar de eetzaal. Dat was de enige plek waar in de lunchpauze zeker niemand kwam. Hij probeerde uit alle macht de tsunami van kinderen tegen te houden met de dubbele deur, maar het lukte hem niet. Ze drongen naar binnen en stroomden door de zaal.

'GA NETJES IN EEN RIJ STAAN!' schreeuwde de kantinejuf.

Joe liep naar de toonbank.

'Wat zou je vandaag willen, jongeheer Joe?' vroeg ze met een warme glimlach. 'Ik heb erg bijtende brandnetelsoep ...'

'Ik heb niet veel trek, mevrouw Klodder. Ik denk dat ik de soep maar zal overslaan.'

'De hoofdschotel is kippenborst.'

'O, dat klinkt goed!'

'Ja. Met saus van hondenspeeksel. En voor de vegetariërs heb ik gefrituurde lijmbrokken.'

Joe slikte. 'Hm, het valt niet mee om te kiezen. Ik heb gisteravond al hondenspeekselsaus gegeten ...'

'Dat is jammer,' zei de kantinejuf. 'Goed, dan zal ik je een bord gefrituurde lijmbrokken geven.' Ze kwakte een blauwe, glibberig vettige klont op een bord, die Joe deed kokhalzen.

'Als je niet komt eten, scheer je dan weg!' riep ze naar de groep kinderen, die tot bij de deur teruggedeinsd was.

'De pa van Propje heeft een helikopter, mevrouw Klodder!' riep iemand achteraan.

'Hij is keirijk!' riep een andere stem.

'Hij is veranderd!' riep een derde.

'Breek een van mijn armen, Propje,' zei een piepstemmetje achteraan. 'Ik zal maar een kwart miljoen eisen.'

'ERUIT, ZEI IK!' schreeuwde mevrouw Klodder.

De groep ging met tegenzin naar buiten. Daar bleven ze naar Joe staren door de groezelige ramen.

Joe pakte zijn mes en verwijderde het deeg van de blau-

we klomp eronder. Die rauwe aardappel van de vorige dag leek ineens een godenmaal.

Een paar tellen later kwam mevrouw Klodder al naar zijn tafeltje gehinkt.

'Waarom staan ze daar allemaal zo naar je te staren?' vroeg ze vriendelijk en ze liet haar omvangrijke lichaam langzaam naast hem zakken.

'Tja ... dat is een lang en vreemd verhaal, mevrouw Klodder.'

'Je mag het me vertellen, lieveling. Ik ben kantinejuf. Ik heb al veel vreemde verhalen gehoord.'

'Juist ... wel ...' Joe hield op met te kauwen op de grote lijmbrok die hij in zijn mond had en hij vertelde de oude kantinejuf alles. Hoe zijn vader Bipsfris uitgevonden had,

dat ze nu in een kast van een villa woonden, dat ze een orang-oetan als butler hadden gehad (daar was ze erg jaloers op) en dat niemand dat allemaal had kunnen vermoeden als zijn stomme vader niet met zijn stomme helikopter op het schoolplein geland was.

Terwijl hij aan het praten was, bleven de andere kinderen door de ramen naar hem staren alsof hij in een kooi in de dierentuin zat.

'Ik vind het heel erg, Joe,' zei mevrouw Klodder ten slotte. 'Het moet verschrikkelijk voor je zijn, mijn arme jongen. Ik bedoel ... niet echt *arm* ... Ach, je weet wel wat ik bedoel.'

'Dank u, mevrouw Klodder.' Het verbaasde Joe dat iemand zo begaan kon zijn met een jongen die alles had. 'Het is niet gemakkelijk. Ik weet niet meer wie ik nog kan vertrouwen. Alle kinderen hier op school lijken ineens iets van me te willen.'

'Ja, dat kan ik me voorstellen,' zei mevrouw Klodder en ze nam een broodje uit haar tas.

'Brengt u een lunchpakket mee?' vroeg Joe verbaasd.

'O ja!' zei ze. 'Ik eet die viezigheid niet. Ik vind het walgelijk.' Haar hand kroop over het tafelblad en ging over die van hem liggen.

'Wel, bedankt voor het luisteren, mevrouw Klodder.'

'Graag gedaan, Joe. Ik zal er altijd voor je zijn, dat weet je. Altijd.'

Ze glimlachte en Joe glimlachte ook.

'Weet je ...' zei ze toen. 'Ik heb tienduizend euro nodig voor een kunstheup ...'

11
Een kampeerweekendje

'Je hebt iets laten liggen,' zei Bob.

Joe bukte zich, raapte het op en gooide het in de plastic vuilniszak die juf Spits hem grootmoedig gegeven had.

Het was al vijf uur en er waren geen kinderen meer op het schoolplein. Ze hadden er alleen hun rotzooi achtergelaten.

'Ik dacht dat je zei dat je me zou helpen,' zei Joe verwijtend.

'Ik help je toch! Kijk, daar ligt nog iets!' Bob wees naar het zoveelste snoeppapiertje dat op het asfalt lag. Ondertussen ging hij rustig door met chips eten.

Joe bukte zich om het op te rapen. Het was een wikkeltje van Twix. Misschien had hij het die dag wel zelf op de grond laten vallen.

'Ik denk dat iedereen nu wel weet hoe rijk je bent, Joe,' zei Bob. 'Het spijt me.'

'Ja, dat denk ik ook.'

'Alle kinderen hier op school zullen nu wel bevriend met je willen zijn ...' zei Bob stilletjes.

Toen Joe naar hem keek, wendde hij zijn hoofd af.

'Misschien,' glimlachte Joe. 'Maar ik vind het belangrijker dat wij al vrienden waren vóór iedereen het wist.'

Bob grijnsde. 'Cool!' zei hij. Hij wees naar de grond voor zijn voeten. 'Je hebt weer iets laten liggen, Joe.'

'Bedankt, Bob,' zuchtte Joe. Hij bukte zich weer en raapte het lege chipszakje op dat zijn vriend net had laten vallen.

'O nee,' zei Bob.

'Wat is er?'

'Larven!'

'Waar?'

'Bij het fietsenrek. Wat zouden ze willen?'

Half verscholen achter het rek stond de tweeling. Toen ze Joe en Bob zagen, zwaaiden ze naar hen.

'Ik weet niet wat het ergste was,' zei Bob. 'Door hen gepest worden of uitgenodigd worden voor een kopje thee.'

'Hallo, Bob!' riep een van de Larven en ze kwamen naar de jongens toe geslenterd.

'Hallo, Larven!' riep Bob lusteloos terug.

De twee pestkoppen slenterden onverbiddelijk verder tot ze bij de jongens stonden.

'We hebben er nog over nagedacht,' zei de ene. 'We gaan dit weekend kamperen. Wil je met ons meekomen?'

Bob keek smekend naar Joe. Met die twee gaan kamperen klonk niet als een leuk voorstel. 'O, wat erg!' zei hij. 'Ik heb al wat gepland voor het weekend.'

'Volgende week?' vroeg Larf nummer een.

'Voor dat weekend ook al, jammer genoeg.'

'En het volgende?' vroeg Larf twee.

'Helemaal ...' stamelde Bob. 'Helemaal bezet. Veel te doen. Het spijt me heel erg, want het lijkt me echt leuk. Tja, ik zie jullie morgen wel weer. Ik zou heel graag nog wat babbelen, maar ik moet Joe helpen met opruimen. Doei!'

'Volgend jaar misschien?' vroeg de eerste Larf.

Bob bleef staan. 'Hm ... eh ... hum ... Volgend jaar zal ik het heel erg druk hebben. Ik zou het echt graag doen, het spijt me heel erg ...'

'En het jaar daarna?' vroeg Larf twee. 'Geen enkel vrij weekend? We hebben een mooie tent.'

Toen kon Bob het gewoon niet meer houden. 'Luister ... Gisteren pestten jullie me nog en vandaag nodig je me uit om samen met jullie een weekend te gaan kamperen. Wat is er in vredesnaam aan de hand?'

De Larven keken vragend naar Joe. 'Joe?' zei de ene.

'We dachten dat het wel zou meevallen vriendelijk te doen tegen Bob,' zei de andere. 'Maar hij zegt altijd nee. Wat moeten we nu doen, Joe?'

Joe kuchte overdreven hard, maar de Larven snapten zijn hint niet.

'Je hebt hun geld gegeven om me niet meer te pesten?' vroeg Bob nors.

'Nee,' antwoordde Joe niet erg overtuigend.

Bob draaide zich naar de Larven toe. 'Wel?' vroeg hij nog norser.

'Neeja …' zeiden de Larven. 'We bedoelen janee.'

'Hoeveel heeft hij je gegeven?'

De Larven keken opnieuw vragend naar Joe. Te laat, ze waren er alle drie gloeiend bij.

'Elk tien euro,' zei een Larf. 'Maar we hebben de *helikopter* gezien, Propje. We zijn niet gek. We willen méér poen.'

'Ja!' zei de andere. 'Je komt in de container terecht, Joe. Tenzij je ons elk elf euro geeft. Meteen morgenvroeg.'

De Larven stampten ervandoor.

In Bobs ogen welden tranen van woede op. 'Jij denkt dat je met geld alles kunt oplossen, hè?'

Joe keek hem verbijsterd aan. Hij had de Larven geld gegeven om Bob te *helpen*. Hij begreep niet waarom zijn vriend nu zo geërgerd reageerde. 'Bob, ik wilde je alleen maar helpen, ik …'

'Ik heb je hulp niet nodig,' onderbrak Bob hem.

'Dat weet ik wel. Ik wilde alleen maar …'

'Ja?'

'Ik wilde alleen maar dat ze je niet in die container zouden gooien.'

'Juist,' zei Bob. 'En dus dacht je dat het beter zou zijn als de Larven heel raar en vriendelijk tegen me deden en me uitnodigden voor een kampeertripje.'

'Nee, dat kampeeridee kwam van hen. Maar je hebt gelijk.'

Bob schudde zijn hoofd. 'Ik kan het niet geloven. Wat ben jij toch een … een verwende rotjongen!'

'Wat?' zei Joe. 'Ik wilde je helpen! Heb je soms liever dat ze je in de container gooien en je je chocolade afpakken?'

'Ja!' schreeuwde Bob. 'Ja, dat heb ik liever! Ik dop mijn eigen boontjes wel!'

'Wat je wilt,' zei Joe. 'Ik hoop dat je het fijn vindt in de container.'

'Zeker weten!' antwoordde Bob en hij rende weg.

'Loser!' schreeuwde Joe.

Maar Bob keek niet eens om.

Joe stond nu alleen op het schoolplein. Omgeven door een massa rotzooi. Hij stak zijn prikstok in een Marswikkeltje. Hij kon niet geloven wat Bob allemaal gezegd had. Hij dacht dat hij een vriend gevonden had, maar het was een egoïstische, knorrige, ondankbare … *heikneuter*.

12

Blingbling

'... en toch moest ik van de Heks het schoolplein opruimen!' zei Joe. Hij zat met zijn vader in de eetkamer aan een eind van de glanzend geboende tafel, waaraan wel duizend stoelen stonden. Ze wachtten op hun eten.

Boven de tafel hingen onvoorstelbaar grote diamanten kroonluchters en de muren waren versierd met schilderijen. Die waren wel niet mooi, maar ze hadden miljoenen gekost.

'Zelfs nadat ik je je huiswerk was komen brengen met de heli?' zei meneer Prop boos.

'Ja,' zei Joe. 'Het was zo oneerlijk!'

'Ik heb geen wc-papier uitgevonden dat aan de ene kant vochtig en aan de andere kant droog is om dan te moeten meemaken dat mijn zoon rotzooi moet opruimen!'

'Ik weet het,' zei Joe. 'Juf Spits is echt een kreng!'

'Morgen vlieg ik naar je school en ik zal die juf van je eens flink de waarheid zeggen!'

'Niet doen, pap! Alsjeblieft! Het was al zo pijnlijk dat je daar vandaag verscheen!'

'Het spijt me, jongen.' Meneer Prop keek een beetje gekwetst, waardoor Joe zich schuldig voelde. 'Ik wilde je alleen maar helpen.'

Joe zuchtte. 'Doe zoiets maar niet meer, pap. Ik vind het vreselijk dat iedereen nu weet dat ik de zoon van de man achter Bipsfris ben.'

'Tja, het is nu eenmaal zo, jongen! Zo heb ik al ons geld verdiend. Daardoor kunnen we in zo'n groot huis wonen.'

'Ja … je zult wel gelijk hebben,' zei Joe. 'Maar kom niet meer opdagen met je Bipsvluchthelikopter of zo, oké?'

'Oké,' zei meneer Prop. 'Vertel me nu maar eens hoe die vriend van je meevalt.'

'Bob?' zei Joe. 'Hij is niet echt mijn vriend meer.' Hij liet zijn hoofd een beetje hangen.

'Hoe komt dat?' vroeg meneer Prop. 'Ik dacht dat jullie echt goed met elkaar konden opschieten.'

'Om hem te helpen heb ik een paar pestkoppen geld gegeven,' zei Joe. 'Ze maakten hem het leven zuur en ik gaf hun wat geld opdat ze hem met rust zouden laten.'

'Ja, en?'

'Hij kwam dat te weten. En hij was helemaal overstuur, stel je voor. Hij noemde me een verwende rotjongen!'

'Waarom?'

'Hoe kan ik dat weten? Hij zei dat hij liever gepest wordt dan door mij geholpen te worden.'

Meneer Prop schudde niet-begrijpend zijn hoofd. 'Dat

klinkt nogal stom, vind ik. Weet je, als je veel geld hebt, zoals wij, dan kom je heel wat ondankbare mensen tegen. Ik denk dat je maar beter niet meer kunt optrekken met die Bob. Ik denk dat hij niet begrijpt hoe belangrijk geld is. Als hij liever in de problemen zit, laat hem dan maar doen.'

'Juist,' stemde Joe daarmee in.

'Je zult op school wel een andere vriend vinden, jongen. Je bent rijk. Dat vinden de mensen fijn. Verstandige mensen, bedoel ik. Idioten zoals die Bob niet.'

'Daar ben ik niet zo zeker van,' zei Joe. 'Niet nu iedereen weet wie ik ben.'

'Je zult het wel ondervinden, Joe,' glimlachte meneer Prop. 'Geloof me.'

De onberispelijk uitgedoste butler kwam de eetkamer binnen door de zware eiken dubbele deur. Hij kuchte wat aanstellerig om de aandacht van zijn meester te trekken. 'Juffrouw Safiera Steen, heren.'

Meneer Prop kon nog net zijn rossige toupetje op zijn hoofd leggen voor Safiera uit de mannenblaadjes met al haar blingbling op haar onvoorstelbaar hoge hakken naar binnen klikklakte.

'Het spijt me dat ik te laat ben, ik heb me net laten bijkleuren,' zei ze.

Dat was overduidelijk. Haar huid zat helemaal onder het kleursel. Ze was nu oranje. Zo oranje als een sinaasappel. Misschien zelfs nog oranjer. Denk maar aan de meest oranje persoon die je ooit gezien hebt en stel je dan voor dat ze zeker nog tien keer oranjer was.

En alsof ze er zo nog niet afschuwelijk genoeg uitzag, droeg ze ook nog een limoengroene mini-jurk en omklemde ze een felroze handtas.

'Wat doet *zij* hier?' vroeg Joe ontstemd.

'Vriendelijk zijn!' mompelde meneer Prop.

'Leuk optrekje,' zei Safiera en ze keek vol bewondering naar de schilderijen en de kroonluchters.

'Dank je. Het is maar een van mijn zeventien woningen. Butler, zeg alsjeblieft tegen de chef dat het diner nu opgediend mag worden. Wat staat er vanavond op het menu?'

'Foie gras, meneer.'

'Wat is dat?'

'Pastei van levers van speciaal daarvoor gevoederde ganzen, meneer.'

Safiera trok een lelijk gezicht. 'Ik neem alleen maar een zakje chips.'

'Ik ook!' zei Joe.

'En ik ook!' zei meneer Prop.

'Drie zakjes aardappelchips,' grijnsde de butler. 'Komt eraan, meneer!'

'Je bent vanavond nog mooier dan anders, mijn engeltje!' zei meneer Prop en hij liep naar Safiera toe voor een kusje.

'Wees voorzichtig met mijn lippenstift!' zei ze en ze weerde hem krachtig af met haar hand.

Meneer Prop was duidelijk een beetje gekwetst, maar hij probeerde het niet te laten zien. 'Ga alsjeblieft zitten. Ik zie dat je de nieuwe handtas van Dior bij je hebt die ik voor je gekocht heb.'

'Ja, maar die tas is in acht kleuren te koop,' zei ze klagerig. 'Een kleur voor elke dag van de week. Ik dacht dat je me die allemaal zou kopen.'

'Zal ik doen, mijn lieve prinsesje ...' stamelde meneer Prop.

Joe staarde naar zijn vader. Hij kon niet geloven dat hij voor zo'n vreselijke vrouw gevallen was.

'Het eten wordt opgediend,' kondigde de butler aan.

'Kom hier maar zitten, mijn allerliefste engeltje,' zei meneer Prop en de butler schoof een stoel naar achteren voor Safiera.

Drie tafelbedienden kwamen binnen met evenveel zilveren schotels. Ze plaatsten die voorzichtig op de tafel. De butler knikte even en de bedienden tilden de deksels van de schotels. Er lagen drie zakjes paprikachips op.

Het trio begon te eten. Om chic te doen probeerde meneer Prop even zijn chips met mes en vork te eten, maar dat gaf hij snel op.

'Over amper elf maanden verjaar ik weer,' zei Safiera. 'Ik heb al een verlanglijstje gemaakt van dingen die je voor me gaat kopen ...'

Haar vingernagels waren zo lang en nep dat ze het papiertje nauwelijks uit de roze handtas kon vissen. Het was alsof Joe zat te kijken naar zo'n graaimachine op de kermis waarmee je nooit iets wint. Uiteindelijk kreeg ze het toch te pakken en ze gaf het aan meneer Prop.

Joe las over de schouder van zijn vader mee wat ze erop gekrabbeld had.

Safiera's verlanglijstje voor haar verjaardag

Een massief gouden Rolls-Royce cabriolet
Een miljoen in contant geld
500 zonnebrillen van Versace
Een vakantiehuis in Marbella (groot)
Een emmer vol diamanten
Een eenhoorn
Een doos chocolaatjes van Ferrero Rocher (groot)
Een groot, breed, echt reuzegroot jacht
Een heel groot aquarium met tropicale vissen[2]
'Beverly Hills Chihuahua' op dvd

5000 flessen parfum van Chanel
Nog een miljoen in contant geld
Wat goud
Een levenslang abonnement op mijn favoriete glossy magazine

---

2 Ik denk dat ze tropische vissen bedoelde.

Een privévliegtuig (nieuw, alsjeblieft, niet tweedehands)
Een sprekende hond
Allerlei dure spullen
100 jurken van dure ontwerpers (Het kan me
niet schelen welke, als ze maar duur zijn. Als er
jurken bij zijn die ik niet mooi vind, kan mijn
moeder die op de markt verkopen.)
Een glas halfvolle melk
België

'Natuurlijk zal ik dat allemaal voor je kopen, mijn door de
hemel gezonden engeltje,' zwijmelde meneer Prop.

'Dank je, Ken,' zei Safiera met haar mond half vol chips.

'Ik heet Len,' verbeterde hij.

'O, sorry, natuurlijk! LOL! Len! Stom van me!'

'Dat meen je niet!' zei Joe. 'Je gaat haar dat toch allemaal niet kopen?'

Meneer Prop wierp hem een boze blik toe. 'Waarom
niet, jongen?' vroeg hij. Hij probeerde zijn woede te onderdrukken.

'Ja, waarom niet, kleine engerd?' vroeg Safiera. Zij kon
haar woede duidelijk *niet* onderdrukken.

Joe aarzelde even. 'Het is overduidelijk dat je alleen
maar met mijn papa optrekt voor zijn geld,' zei hij toen.

'Zoiets zeg je niet tegen je moeder!' riep meneer Prop.

Joe's ogen knalden bijna uit zijn hoofd. 'Ze is mijn *moeder* niet! Ze is jouw stomme vriendin en ze is maar zeven jaar ouder dan ik!'

'Hoe durf je!' riep meneer Prop verbolgen. 'Zeg dat het je spijt!'

Joe zweeg uitdagend.

'Ik zei dat je moet zeggen dat het je spijt!' schreeuwde meneer Prop.

'Nee!' schreeuwde Joe.

'Ga naar je kamer!'

Joe schoof zijn stoel met veel lawaai naar achteren en stampte de trap op.

De butler en de tafelbedienden deden alsof ze niets gezien of gehoord hadden.

Joe ging op zijn bed zitten en sloeg zijn armen om zichzelf heen. Het was heel, heel lang geleden dat iemand hem nog een knuffel gegeven had, dus deed hij het maar zelf. Hij omhelsde zijn eigen snikkende, mollige lichaam stevig. Hij begon te wensen dat zijn vader Bipsfris nooit uitgevonden had en dat ze nog samen met zijn moeder in het kleine flatje woonden.

Enkele tellen later werd er op de deur geklopt.

Joe bleef stug zitten waar hij zat en gaf geen kik.

'Het is papa!'

'Ga weg!' schreeuwde Joe.

Meneer Prop deed de deur open en kwam naast zijn

zoon op het bed zitten. Hij gleed bijna van de bedsprei op de vloer. Zijden lakens zijn wel mooi, maar erg handig zijn ze niet.

Meneer Prop kontwipte wat dichter naar zijn zoon toe. 'Ik heb niet graag dat mijn Propje hier zo zit. Ik weet dat je Safiera niet aardig vindt, maar ze maakt me gelukkig. Kun je dat begrijpen?'

'Niet echt,' zei Joe.

'En ik weet dat je op school een niet zo leuke dag gehad hebt. Door die juf, de Heks, en door die ondankbare vriend van je, Bob. Het spijt me. Ik weet hoe graag je een vriend wilde hebben en ik weet dat ik het je niet gemakkelijk gemaakt heb. Ik zal eens rustig gaan praten met je directeur. Ik zal proberen een en ander te regelen.'

'Dank je, pap.' Joe snufte. 'Het spijt me dat ik aan het huilen was.' Hij aarzelde even. 'Ik hou van je, pap.'

'Dito, jongen, dito,' antwoordde meneer Prop.

13
Een nieuw meisje

De voorjaarsvakantie gleed voorbij en toen Joe maandag-morgen weer naar school ging, stelde hij vast dat hij niet meer in het middelpunt van de belangstelling stond. Er was een nieuw meisje op school en ze was zooooo mooi dat iedereen het over haar had.

Toen Joe naar de klas liep, was ze er ineens. Als een onverwacht, prachtig geschenk.

'Wat hebben we het eerste uur?' vroeg ze en ze kwam naast hem lopen op het schoolplein.

'Wat?' hikte Joe.

'Ik vroeg welke les we het eerste uur krijgen,' herhaal-de het nieuwe meisje.

'Dat weet ik. Maar … ben je echt tegen mij aan het pra-ten?' Joe kon het niet geloven.

'Ja, ik ben tegen jou aan het praten,' lachte ze. 'Ik heet Lauren.'

'Dat weet ik.' Joe wist niet goed of ze daardoor zou den-ken dat hij een vriendelijke jongen was of een stalker.

'Hoe heet jij?' vroeg ze.

Joe glimlachte. Eindelijk was er op school iemand die niets over hem wist.

'Ik heet Joe,' zei hij.

'Joe hoe?' vroeg Lauren.

Joe wilde niet dat ze zou weten dat hij de Bipsfrisbiljonair was. 'Eh, Joe Pattat.'

'Joe Patat?' zei ze stomverbaasd.

'Eh … ja …' stamelde Joe. Hij was zo onder de indruk van haar schoonheid dat hij niets beters had kunnen verzinnen.

'Geen gewone naam, Patat,' zei Lauren.

'Niet echt, nee. Maar je schrijft hem wel met twee t's in het midden. Het is dus niet echt patat, zoals friet. Dat zou belachelijk zijn, ha, ha!'

Lauren probeerde ook te lachen, maar ze keek Joe vreemd aan.

O nee! dacht hij. Ik ken haar nog maar net en ze denkt al dat ik gek ben! Hij probeerde op een ander onderwerp over te springen. 'We hebben nu wiskunde bij meneer Knerp,' zei hij.

'Oké.'

'En dan geschiedenis bij juf Spits.'

'Ik heb een hekel aan geschiedenis. Het is zo saai.'

'Je hekel zal nog veel groter worden als je juf Spits leert kennen. Ze geeft wel goed les, maar alle kinderen hebben een hekel aan haar. We noemen haar de Heks!'

'Dat vind ik grappig!' giechelde Lauren.

Joe voelde zich ineens wel drie meter lang.

Bob kwam eraan. 'Eh … Hoi, Joe.'

'O, hallo, Bob,' antwoordde Joe.

De twee ex-vrienden hadden elkaar in de vakantie niet gezien. Joe had elke dag in zijn dooie eentje tientallen keren rond zijn circuit geracet met de nieuwe formule 1-wagen die zijn vader voor hem gekocht had. En Bob had bijna de hele week in een container doorgebracht. Waar hij ook was, de Larven wisten hem overal te vinden. Ze pakten hem dan bij zijn enkels en lieten hem in een of andere bak vallen. Tja, Bob had tegen Joe gezegd dat hij dat graag wilde.

Joe had Bob gemist, maar het weerzien kwam hem nu niet goed uit. Hij was nu aan het praten met het mooiste meisje van de school, misschien wel het mooiste meisje van de hele streek!

'Ik weet dat we elkaar al een hele tijd niet meer gezien hebben ...' begon Bob onzeker. 'Maar ... wel ... ik heb nagedacht over wat we zeiden toen je het schoolplein aan het opruimen was ...'

'Ja?'

Bob scheen wat van zijn stuk gebracht door Joe's ongeduldige toon, maar hij ging door. 'Luister, het spijt me dat we ruzie kregen en ik zou willen dat we weer vrienden werden. Je kunt misschien weer naast me komen zitten in de klas, zodat ...'

'Zullen we het daar straks nog even over hebben, Bob?' onderbrak Joe hem. 'Ik heb het nu erg druk.'

'Maar ...' begon Bob met een gekwetste uitdrukking op zijn gezicht.

Joe deed alsof hij dat niet zag. 'Ik zie je nog wel,' zei hij.

Bob liep met grote passen van hem weg.

'Wie was dat?' wilde Lauren weten. 'Een vriend van je?'

'Nee, nee, nee, hij is mijn vriend niet,' antwoordde Joe. 'Hij heet Bob, maar hij is zo dik dat iedereen hem Bobbel noemt.'

Lauren lachte weer.

Joe voelde zich niet echt lekker, maar hij vond het zo

fijn dat hij het mooie nieuwe meisje kon laten lachen, dat hij dat andere gevoel verdrong tot diep in zijn binnenste.

Tijdens de wiskundeles zat Lauren voortdurend naar Joe te kijken. Hij kon zijn gedachten dan ook niet bij de algebra houden. En bij geschiedenis zat ze ook al echt naar hem te staren. Terwijl juf Spits maar bleef doordrammen over de Franse Revolutie, zat Joe te dagdromen over hoe het zou zijn om Lauren te kussen. Ze was zo mooi dat hij niets liever wilde dan haar kussen. Maar hij was nog maar twaalf en hij had nog nooit een meisje gekust. Hij had er geen idee van hoe dat opeens zou kunnen gebeuren ...

'En de naam van de koning van Frankrijk in 1789 was ... Prop?'

'Ja, juf?' Joe keek juf Spits geschrokken aan. Hij had helemaal niet geluisterd naar wat ze vertelde.

'Ik heb je een vraag gesteld, jongen. Je hebt niet opgelet, hè? Zou je willen slagen voor je examen?'

'Ja, juf. Ik was aan het luisteren ...' stamelde Joe.

'Wat is het antwoord dan, Joe?' vroeg juf Spits streng. 'Wie was koning van Frankrijk in 1789?'

Joe had er geen idee van. Hij wist zo goed als zeker dat het antwoord niet koning Kevin II, of koning Craig IV, of koning Trevor de Grote was, want zo heetten koningen meestal niet.

'Ik wacht,' zei juf Spits ongeduldig.

De bel ging.

Gered! dacht Joe.

'De bel is er voor mij, niet voor jullie!' zei juf Spits streng.

Natuurlijk zei ze dat. Dat was haar lijfspreuk. Het zou waarschijnlijk wel in haar grafsteen gebeiteld worden.

Lauren zat achter de rug van juf Spits en ineens zwaaide ze naar Joe om zijn aandacht te trekken. Heel even raakte hij daardoor in de war, maar toen begreep hij dat ze hem wilde helpen door het antwoord te mimen.

Eerst deed ze alsof ze snel liep, alsof ze dringend naar het toilet moest.

'Koning Toilet de ...' raadde Joe en hij keek vragend op naar juf Spits.

De hele klas schaterde het uit. Lauren schudde haar hoofd.

Joe probeerde het opnieuw. 'Koning wc?'

Iedereen lachte weer.

'Koning Plee?'

Nu lachten ze nog harder.

Lauren bleef wanhopig mimen.

En Joe bleef wanhopig raden. 'Lo ... lopen ... Lodewijk! Koning Lodewijk! Lodewijk de ...'

'Ja, jongen?' Juf Spits gaf het niet op.

Achter haar rug stak Lauren enkele vingers op.

'Koning Lodewijk de vijfde, de tiende, de vijftiende, de ...' telde Joe. 'Koning Lodewijk de Zestiende!' eindigde hij zelfverzekerd.

Lauren deed alsof ze in haar handen klapte.

'Dat is juist, Prop,' zei juf Spits achterdochtig. Ze draaide zich om naar het bord en schreef er *Koning Lodewijk de Zestiende* op.

Toen ze even later buiten in het zonnetje liepen, begon Joe tegen Lauren over wat er gebeurd was. 'Je hebt daarnet echt mijn leven gered,' zei hij.

'Geen probleem,' glimlachte ze. 'Ik vind je aardig.'

'Echt?' vroeg Joe.

'Ja!'

'Wel, dan … Ik vraag me af …' Joe struikelde over zijn woorden. 'Ik vroeg me af of … wel … of …'

'Of wat?'

'Of je … Nee, je zult vast wel niet … Eigenlijk weet ik zeker dat je niet … Ik bedoel, waarom zou je … Jij bent zo mooi en ik ben maar een dikke lomperd … Maar …' De woorden vlogen nu in alle richtingen uit zijn mond en hij begon hevig te blozen van verlegenheid. 'Ik bedoel, als je zou willen …'

Lauren besloot het hem gemakkelijk te maken. 'Je bedoelt of ik na school in het park wil gaan wandelen en misschien een ijsje eten? Ja, dat zou ik heel graag willen.'

'*Echt*?' vroeg Joe ongelovig.

'Ja, echt.'

'Met mij?'

'Ja, met jou, Joe Pattat.'

Joe voelde zich honderd keer gelukkiger dan ooit tevoren. Het kon hem zelfs niet meer schelen dat Lauren dacht dat hij Pattat heette.

14
Getuite lippen

'Hé!'

Het was allemaal uitstekend verlopen. Joe en Lauren zaten nu op een bank in het park en genoten van hun ijsjes. Ze waren die bij Raj gaan kopen en toen de winkelier gemerkt had dat Joe indruk probeerde te maken op het meisje, had hij belachelijk veel poeha gemaakt. Hij had hem een cent korting gegeven en Lauren gratis laten bladeren in een nummer van een populair magazine. Uiteindelijk waren ze dan toch uit de winkel ontsnapt en hadden ze een bank gevonden in een rustig hoekje van het park.

Daar zaten ze nu eindeloos te praten, terwijl er gesmolten rode smurrie van hun ijsje over hun vingers droop. Ze praatten over zowat alles, behalve over Joe's familie. Joe wilde niet liegen tegen Lauren. Daarvoor vond hij haar al veel te aardig. Toen ze vroeg wat zijn ouders deden, antwoordde hij dus maar dat zijn vader 'menselijk afval verwerkte'. Gelukkig wilde Lauren daar niet meer over weten. Joe wilde tot elke prijs vermijden dat ze te weten kwam hoe verschrikkelijk rijk hij was. Hij had gezien hoe Safiera zijn vader schaamteloos misbruikte en hij wist dus heel goed dat geld veel kapot kon maken.

Alles verliep uitstekend … tot die 'Hé!' de rust verstoorde.

De Larven hadden bij de schommels rondgehangen en gehoopt dat iemand hun een standje zou geven. Maar jammer genoeg waren de politie, de parkwachter en de priester allemaal elders druk bezig. Dus toen een van de Larven Joe in de gaten kreeg, slenterden ze breed grijnzend naar de bank toe. Ze hoopten vast dat er een eind zou komen aan hun verveling als ze iemand het leven zuur konden maken.

'Hé! Geef ons nog wat geld of we gooien je in een container!'

'Tegen wie hebben die het?' fluisterde Lauren.

'Tegen mij,' zei Joe met tegenzin.

'Geld!' zei een van de Larven. 'Nu!'

Joe stak zijn hand in zijn broekzak. Als hij hun elk een briefje van twintig gaf, zouden ze hem misschien met rust laten. Toch tot de volgende dag.

'Wat ga je doen, Joe?' vroeg Lauren.

'Eh, ik dacht …' stamelde Joe.

'Wat heb jij ermee te maken, slet?' zei Larf één.

Joe keek naar het gras aan zijn voeten, maar Lauren gaf hem wat er nog overbleef van haar ijsje en stond op.

De Larven schuifelden ongemakkelijk heen en weer. Ze hadden niet verwacht dat een meisje van dertien hen zou durven te trotseren.

'Ga zitten!' zei Larf twee en hij of zij legde een hand op Laurens schouder om haar op de bank te duwen.

Maar Lauren pakte hem of haar bij zijn of haar hand, draaide ze achter zijn of haar rug en duwde hem of haar op de grond. De andere Larf wilde haar aanvallen, maar ze sprong in de lucht en deed hem of haar met een kung-futrap op het gras belanden. De andere Larf sprong op en probeerde haar vast te grijpen, maar ze gaf hem of haar een karateslag op zijn of haar schouder. Hij of zij schreeuwde het uit van de pijn en ging er als een speer vandoor.

Het valt niet mee dat te vertellen als je niet weet wie van de twee de jongen was en wie het meisje.

Joe voelde dat het tijd was om ook iets te doen. Hij stond op en schoof met knikkende knieën naar de Larf toe. En toen pas drong het tot hem door dat hij daar stond met in elke hand een smeltend ijsje.

De Larf bleef nog een paar tellen staan, maar toen Lauren achter Joe ging staan, begon hij of zij te janken als een hond en vluchtte weg.

'Waar heb jij zo leren vechten?' vroeg Joe stomverbaasd.

'O, ik heb hier en daar wat lessen verdedigingssporten gevolgd,' antwoordde Lauren niet erg overtuigend.

Nu wist Joe haast zeker dat hij het meisje van zijn dromen gevonden had. Lauren kon niet alleen zijn vriendinnetje zijn, maar ook zijn lijfwacht!

Ze wandelden door het park. Joe had daar al dikwijls gelopen, maar nu leek alles mooier dan anders. Het zonlicht danste op de bladeren van bomen en struiken en heel even leek zijn leven volmaakt.

'Ik kan maar beter naar huis gaan,' zei Lauren toen ze het hek naderden.

Joe probeerde zijn teleurstelling te verbergen. Hij kon daar best voor altijd met haar blijven wandelen.

'Mag ik morgen je lunch betalen?' vroeg hij.

Lauren glimlachte. 'Je hoeft helemaal niks voor me te betalen. Ik wil heel graag samen met je lunchen, maar ik zal betalen. Oké?'

'Oké, wat je wilt,' zei Joe.

Wauw! Dat meisje was echt het einde!

'Hoe is het eten op school?' vroeg Lauren.

Joe moest even naar de juiste woorden zoeken. 'Eh ... wel, het is ... het is echt goed voor wie op een streng dieet staat.'

'Ik ben gek op gezond eten!' zei Lauren.

Dat was niet echt wat Joe bedoelde, maar de eetzaal was op school de beste plek voor een afspraakje, want het was er altijd heel rustig.

'Tot morgen dan,' zei hij. Hij kneep zijn ogen dicht, tuitte zijn lippen en wachtte.

'Ja, Joe, tot morgen,' zei Lauren en ze ging ervandoor over het pad.

Joe deed zijn ogen open en glimlachte. Hij kon het niet geloven! Hij had bijna een meisje gekust!

15
Een schoonheidsoperatie

De volgende dag was er iets vreemds met mevrouw Klodder. Ze zag er hetzelfde maar toch anders uit. Toen Joe en Lauren voor de toonbank stonden, zag Joe wat er anders was.

De slappe huid van haar gezicht was gelift.

Haar neus was kleiner.

Haar tanden waren witter.

De denkrimpels in haar voorhoofd waren weg.

De wallen onder haar ogen waren verdwenen.

De kleine rimpels waren er niet meer.

Haar borsten waren veel, veel groter.

Maar ze hinkte nog altijd.

'Mevrouw Klodder, u ziet er heel … anders uit,' zei Joe en hij stond echt naar haar te staren.

'Vind je?' zei de oude kantinejuf alsof ze van de prins geen kwaad wist. 'Waar hebben jullie vandaag trek in? Gegrilde vleermuis met alles erop en eraan? Zeepsoufflé? Pizza met kaas en polystyreenlijm?'

'Geen gemakkelijke keuze …' aarzelde Lauren.

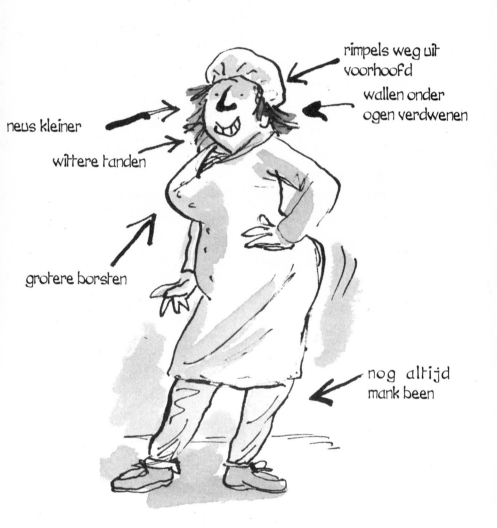

rimpels weg uit
voorhoofd

wallen onder
ogen verdwenen

neus kleiner

wittere tanden

grotere borsten

nog altijd
mank been

'Jij bent hier nieuw, is het niet, meisje?' vroeg mevrouw Klodder.

'Ja, ik ben hier pas sinds gisteren,' antwoordde Lauren. Ze bestudeerde de uitgestalde borden en probeerde uit te maken welk er het minst walgelijk uitzag.

'Gisteren?' zei mevrouw Klodder. 'Dat is vreemd. Ik weet zeker dat ik je al eens eerder gezien heb.' Ze keek aandachtig naar Laurens volmaakte gezicht. 'Je komt me heel bekend voor.'

Joe mengde zich in het gesprek. 'Is uw heup al geopereerd, mevrouw Klodder?' Hij werd steeds achterdochtiger. 'Ik heb u een paar weken geleden geld gegeven voor die operatie, weet u nog?' fluisterde hij, zodat Lauren het niet kon horen.

Mevrouw Klodder begon nerveus te kwebbelen. 'Eh, wel, nee ... nog niet, jongen ... Wil je een dikke plak van mijn onderbroekenflan?'

'U hebt het geld dat ik u gegeven heb voor plastische chirurgie gebruikt, hè?' siste Joe.

Er liep een zweetdruppeltje over haar gezicht en het plopte in haar snotsoep.

'Het spijt me, Joe. Ik ... ik wilde al heel lang hier en daar iets laten doen ...' zei ze bedrukt.

Joe was zo woedend dat hij daar onmiddellijk weg wilde. 'Lauren, we gaan,' zei hij hard.

Hij stormde naar buiten en Lauren volgde hem.

Mevrouw Klodder hinkte achter hen aan. 'Als je me nog een keer vijfduizend wilt lenen, zal ik mijn heup zeker laten opereren!' riep ze Joe na.

Toen Lauren Joe eindelijk ingehaald had, zat hij helemaal achteraan in een hoekje van het schoolplein. Ze legde zachtjes een hand op zijn hoofd om hem te troosten. 'Wat bedoelde ze toen ze het over een lening van vijfduizend had?' vroeg ze.

Joe keek haar aan. Nu kon hij er niet meer onderuit. 'Mijn vader is Len Prop,' zei hij triest. 'De Bipsfrisbiljonair. Ik heet niet Pattat. Ik zei dat maar omdat ik niet wilde dat je zou weten wie ik ben. De waarheid is dat we waanzinnig rijk zijn. Maar als mensen dat te weten komen, tja … dan is het meestal om zeep.'

'Weet je, een paar kinderen hebben me dat vanmorgen al verteld,' zei Lauren.

Daardoor werd Joe even een beetje vrolijker. Lauren was de vorige dag, toen ze nog dacht dat hij gewoon Joe was, een ijsje met hem gaan eten. Misschien zou zijn geld deze keer niet alles bederven. 'Waarom heb je me dat niet eerder verteld?' vroeg hij.

'Omdat het niet belangrijk is,' zei Lauren. 'Het kan me allemaal niet schelen. Ik vind je gewoon aardig.'

Joe kon wel huilen van geluk. Vreemd, hoe je soms zo gelukkig kunt zijn dat je er triest van wordt. 'Ik vind jou ook erg aardig,' zei hij en hij schoof wat dichter naar Lauren toe. Dit was het moment om te kussen!

Hij kneep zijn ogen dicht en tuitte zijn lippen.

'Niet op het schoolplein, Joe!' Lauren duwde hem lachend weg.

Joe schaamde zich omdat hij het geprobeerd had. 'Het spijt me.' Hij begon snel over iets anders. 'Ik probeer iets goeds te doen voor die ouwe taart en dan laat ze haar tieten vergroten!'

'Ja, het is niet te geloven.'

'Het gaat niet om het geld, het geld kan me niet schelen ...'

'Nee, het gaat erom dat ze misbruik maakte van je vrijgevigheid,' zei Lauren.

Joe keek op en hun blikken kruisten elkaar. 'Juist!'

'Kom,' zei Lauren. 'Ik denk dat een bakje frietjes er nu wel in zal gaan. Ik trakteer.'

De snackbar stond vol kinderen van de middenschool. Eigenlijk mochten ze tijdens de middagpauze niet weg van de school, maar het eten in de eetzaal was zo weerzinwekkend dat ze geen keus hadden.

De Larven stonden helemaal vooraan in de rij, maar zodra ze Lauren zagen, lieten ze hun dampende worstjes op de toonbank liggen en haastten ze zich weg.

Even later stonden Lauren en Joe op de stoep frietjes te eten. Joe kon zich niet herinneren wanneer hij nog een keer van zoiets eenvoudigs genoten had. Dat was vast geleden van toen hij nog heel, heel klein was. Van voor het Bipsfrisfortuin, waardoor alles veranderd was. Hij schrokte zijn frietjes naar binnen en zag dat Lauren er nog bijna geen gegeten had. Hij had nog trek, maar wist niet of ze al zover waren dat hij een paar van haar frietjes mocht pakken. Eigenlijk kon dat pas als je al een paar jaar getrouwd was en zij waren nog niet eens verloofd.

'Heb je al genoeg gegeten?' durfde hij toch te vragen.

'Ja,' zei ze. 'Ik wil niet te veel eten. Ik moet volgende week werken.'

'Werken?' vroeg Joe verbaasd. 'Wat doe je dan?'

Lauren deed ineens erg nerveus. 'Wat zei ik?'

'Ik dacht dat je zei dat je moet werken.'

'Ja, juist, ja, klopt, ik moet gaan werken.' Ze zweeg even en ademde toen diep in. 'Gewoon in een winkel, hoor ...'

Dat klonk niet erg overtuigend, vond Joe.

'Waarom moet je slank zijn om in een winkel te werken?'

Lauren voelde zich duidelijk niet op haar gemak. 'Het is een heel klein winkeltje,' zei ze. Ze keek op haar horloge. 'Over tien minuten hebben we wiskunde. We kunnen maar beter gaan.'

Joe fronste zijn wenkbrauwen. Er was iets vreemds met dat meisje …

16
Peter Selie

'De Heks is dood!' zong een puisterig jongetje. 'Ding-dong, de Boze Heks is dood!'

De eerste schoolbel had nog maar net gerinkeld en het nieuws verspreidde zich al door de school als griep.

'Wat bedoel je?' vroeg Joe toen hij in de klas op zijn plek ging zitten.

Aan de andere kant van het lokaal zat Bob met een triest gezicht naar hem te kijken. Hij is vast jaloers vanwege Lauren, dacht Joe.

'Heb je het nog niet gehoord?' zei een andere jongen, met nog meer puisten, achter hem. 'Juf Spits is ontslagen!'

'Waarom?' vroeg Joe.

'Wat maakt het uit,' zei een jongen met een klein beetje minder puisten. 'Geen saaie geschiedenislessen meer!'

Joe glimlachte, maar fronste meteen zijn wenkbrauwen. Net als iedereen had hij een hekel aan juf Spits en haar eentonige lessen, maar hij had er geen idee van wat ze gedaan kon hebben om haar baan te verliezen. Ze was een vreselijk mens, maar ze gaf echt wel goed les.

'Spits is ontslagen,' flapte hij eruit zodra Lauren binnenkwam.

'Ja, ik heb het gehoord,' antwoordde ze. 'Fantastisch nieuws, toch?'

'Eh ... dat zal dan wel,' zei Joe.

'Ik dacht dat je dat wilde? Je zei toch dat je haar niet kon uitstaan?'

'Ja, maar ...' Joe aarzelde even. 'Ik vind het gewoon nogal erg voor haar.'

Lauren trok een smalend gezicht.

Ondertussen was er een groep gemeen kijkende meisjes achteraan in de klas gaan zitten. Het kleinste meisje werd in de richting van Lauren geduwd, de anderen zaten te gniffelen.

'Heb je een potje noedels voor me?' vroeg ze en haar vriendinnetjes gierden het uit.

Lauren keek snel even naar Joe. 'Ik begrijp niet wat je bedoelt,' zei ze ontstemd.

'Lieg niet,' zei het meisje. 'Je ziet er nu wel anders uit, maar ik weet zeker dat je het bent.'

'Ik weet echt niet waar je het over hebt,' zei Lauren wat nerveus.

Voor Joe iets kon zeggen, kwam er een jonge man in oudemannenkleren de klas binnen en ging onzeker voor het bord staan. 'Beetje rustig, alsjeblieft,' zei hij zacht.

Niemand schonk aandacht aan hem, behalve Joe.

'Ik zei "Beetje rustig, alsjeblieft" …'

De tweede zin van de nieuwe leraar klonk nauwelijks harder dan de eerste. En ook nu schonk niemand er aandacht aan. Ze begonnen zelfs nog meer lawaai te maken.

'Dat is al beter,' probeerde de kleine man er maar het beste van te maken. 'Je zult al wel weten dat juf Spits er vandaag niet is …'

'Nee, want ze werd eruit gegooid!' riep een dik meisje hard.

'Nou, dat is niet … tja, ja, het is waar …' zei de leraar met zijn zachte, toonloze stem. 'Ik zal juf Spits vervangen als jullie klassenleraar en je ook de lessen geschiedenis en Engels geven. Mijn naam is meneer Selie.' Hij begon zijn naam op het bord te schrijven. 'Maar jullie mogen me Peter noemen.'

Ineens hoorde je alleen nog het zoemen van dertig breintjes.

'Peter Selie!' riep plots een jongen met rossig haar achteraan in de klas.

Een geweldige lachgolf overspoelde het hele lokaal.

Joe had de arme man wel een kans willen geven, maar zelfs hij lachte nu met de anderen mee.

'Alsjeblieft, alsjeblieft, kan het een beetje stiller?' smeekte de leraar met de gekke naam bijna.

Maar het had geen zin. Er kwam geen eind aan het tumult. De nieuwe klassenleraar had de grootste blunder gemaakt die een leerkracht kan maken: hij had een gekke naam.

Dat is een ernstige zaak. Als je naam in de volgende lijst voorkomt, is het heel, heel erg belangrijk dat je niet gaat lesgeven:

Klaas Vaack

Ad Vocaat

Wim Pers

Lieve Godt

Peer Appelmoes

Klaar Wakker

Warre Hooft

Riet Suiker

Bet Weter

Bloem Percq

Trijn Baan

Vera Sing

Piet Lut

Kees Roquefort

Mel Oen

Han Doek

Els Priem

An Dijvie

Tom Aatje

Ben Vissen

Robin Hoet

Toon Bank
Jerry Can
Ans Jovis
Thea Traal
Joe Box
Daisy Bel
Kas Tanje
Roos Bief
Connie Anders
Aart Appel
Erin Trappen
Dirk Teur
Barry Ton
Toon Ladder
Kees Croquette
Benny Dom
Ellen Deling
Frits Flits
Rein De Vos
Walter Meloen
Mees Muyle
Hazel Nootenboom
Mira Kelck
Hans Worst
Luna Tieken
Jack Pot

Ik meen het. Denk er zelfs niet aan. De kinderen in je klas zullen je het leven tot een hel maken.

Maar nu terug naar het verhaal …

'Goed,' zei de leraar met de gekke naam. 'Ik overloop de lijst met de namen. Adams?'

'Vergeet Bas Silicum niet!' schreeuwde een magere jongen met blond haar.

Er werd opnieuw hard gelachen.

'Ik vroeg om stilte,' jammerde meneer Selie.

'Of Bie Slook!' riep een andere jongen.

Het lachen klonk nu oorverdovend.

Peter Selie legde zijn hoofd in zijn handen.

Joe kreeg bijna medelijden met hem. Het leven van die grijze, kleine man zou voortaan één grote ellende worden.

O nee! dacht Joe. We zullen allemaal zakken voor ons examen!

17

Een klopje op de deur van het toilet

Er zijn een paar dingen die je heel zeker niet wilt horen als je op het toilet zit.

Brandalarm
Een aardbeving
Een brullende leeuw in het wc-hokje naast je
Een grote groep mensen die 'Verrassing!' roept
Het geluid van het hele wc-blok dat door een gigantische sloopkogel neergehaald wordt
Het klikken van een fototoestel
Het geluid van een sidderaal die door de afvoerbuis zwemt
Het gedaver van een drilboor in de muur
Een zingende jongensgroep
(Toegegeven, dat wil je eigenlijk nooit horen.)
Een klopje op de deur

En dat laatste was nu net wat Joe hoorde toen hij in de pauze op het jongenstoilet ging zitten.

Voor alle duidelijkheid, er wordt niet op *jouw* deur geklopt. Wel op de deur van het toilet waar Joe net was gaan zitten.

'Wie is het?' vroeg Joe geprikkeld.

'Het is Bob,' zei … (Goed geraden, het was Bob.)

'Ga weg, ik ben bezig,' zei Joe.

'Ik moet met je praten.'

Joe trok aan de ketting en deed de deur open. 'Wat wil je?' vroeg hij boos en hij liep naar de wastafel.

Bob volgde hem. Hij was chips aan het eten. Het was nog maar een uur geleden dat hij frietjes gegeten had, zoals iedereen, maar hij had duidelijk alweer trek.

'Je eet geen chips in het toiletblok, Bob.'

'Waarom niet?'

'Omdat … omdat … Ik weet niet … Omdat de chips dat niet leuk vinden.' Joe draaide de kraan open om zijn handen te wassen. 'Maar wat wil je eigenlijk van me?'

Bob stopte het chipszakje in zijn broekzak. Hij ging achter zijn vroegere vriend staan en keek hem in de spiegel in zijn ogen. 'Het gaat over Lauren.'

'Wat is er met haar?' Joe had het kunnen *weten*. Bob was gewoon jaloers.

Bob wendde zijn hoofd even af en ademde diep in. 'Ik vind dat je haar niet mag vertrouwen,' zei hij.

140

Joe draaide zich naar hem toe. Hij trilde van woede. '*Wat* zei je?' schreeuwde hij.

Bob deed een paar passen achteruit, helemaal van zijn stuk gebracht. 'Ik denk dat ze ...'

'DAT ZE WAT?'

'Dat ze komedie speelt.'

'Komedie?' Joe werd nu echt witheet.

'Verschillende andere kinderen denken dat ze actrice is. Ze zeggen dat ze haar in een reclamespot of zo gezien hebben. En ik heb haar in het weekend met een andere jongen gezien.'

'Wat?'

'Joe, ik denk dat ze maar doet alsof ze je aardig vindt.'

Joe bracht zijn gezicht vlak bij dat van Bob. Hij vond het niet fijn zo kwaad te zijn. Het maakte hem bang dat hij zich niet kon beheersen. 'ZEG DAT NOG EEN KEER ...'

Bob week achteruit. 'Luister, het spijt me, ik wil geen ruzie, ik vertel je alleen maar wat ik gezien heb.'

'Je liegt.'

'Ik lieg niet!'

'Je bent gewoon jaloers omdat Lauren me aardig vindt en omdat jij een dikzak bent die helemaal geen vrienden heeft.'

'Ik ben niet jaloers. Ik ben alleen maar bezorgd om je, Joe. Ik wil niet dat je gekwetst wordt.'

'O ja?' zei Joe. 'Je klonk echt "bezorgd om me" die keer

dat je me een verwende rotjongen noemde!'

'Echt waar, ik …'

'Laat me met rust, Bob. We zijn geen vrienden meer. Ik vond je zielig en praatte met je en dat was het.'

'Wat zei je? Je vond me *zielig*?' Bobs ogen stonden vol tranen.

'Ik bedoelde niet …' zei Joe.

'Waarom? Omdat ik dik ben? Omdat de andere kinderen me pesten? Omdat mijn vader dood is?' Bob schreeuwde nu ook.

'Nee … Ik wilde alleen maar … Ik bedoelde niet …' Joe wist zelf niet wat hij bedoelde. Hij stak zijn hand in zijn zak, trok er een pakje briefjes van vijftig uit en stak die uit naar Bob. 'Luister, het spijt me. Pak aan. Koop iets leuks voor je moeder.'

Bob sloeg het geld uit Joe's hand en het viel op de natte vloer. 'Hoe durf je!'

'Wat heb ik nu weer misdaan?' protesteerde Joe. 'Wat is er toch met je, Bob? Ik probeer je alleen maar te helpen!'

'Ik wil je hulp niet. Ik wil zelfs nooit meer met je praten!'

'Oké!'

'En jij bent zielig, niet ik!' Bob liep woedend weg.

Joe zuchtte, liet zich op zijn knieën zakken en begon het geld op te rapen.

'Dat is belachelijk!' lachte Lauren even later. 'Ik ben geen actrice! Ik denk dat ik zelfs op school niet in een stuk zou mogen meespelen!'

Joe probeerde ook te lachen, maar het lukte hem niet echt. Ze zaten op de bank op het schoolplein en huiverden een beetje door de frisse wind. Joe had het moeilijk met wat hij wilde zeggen. Hij wilde het antwoord op zijn vraag horen, maar tegelijk ook niet. Hij ademde diep in. 'Bob zei dat hij je met een andere jongen gezien heeft. Is dat waar?'

'Wat?' zei Lauren.

'Afgelopen weekend. Hij zei dat hij je met iemand anders gezien heeft.' Joe keek haar recht aan. Hij hoopte iets van haar gezicht te kunnen aflezen.

Een paar tellen was het net alsof ze zich terugtrok achter haar oogleden. 'Hij is een leugenaar,' zei ze toen.

'Dat dacht ik wel,' zei Joe opgelucht.

'Een dikke, vette leugenaar,' vervolgde ze. 'Ik kan niet geloven dat hij je vriend geweest is.'

'Ach, dat duurde maar heel even,' probeerde Joe eronderuit te komen. 'Ik moet hem niet meer.'

'Ik haat hem. Zo'n liegbeest! Beloof me dat je nooit meer met hem zult praten!' Dat laatste klonk haast smekend.

'Wel ...'

'Beloof het, Joe!'

'Ik beloof het,' antwoordde hij.

Er ging een venijnige rukwind over het schoolplein.

18

Een Harley Davidson en een looprekje

Lauren dacht dat de petitie om juf Spits terug te halen niet populair zou zijn.

En ze kreeg gelijk.

De dag was bijna om en Joe had nog maar drie handtekeningen: van hem, van Lauren en van mevrouw Klodder. En de kantinejuf had de petitie alleen maar ondertekend omdat Joe van haar taartjes met hamsterkeutels had willen proeven. Die smaakten nog slechter dan hij vermoed had.

Al was het papier nog zo goed als blanco, toch vond Joe het de moeite waard ermee naar de directeur te trekken. Hij vond juf Spits helemaal niet aardig, maar hij begreep niet waarom ze de laan uit gestuurd was. Ondanks alles was ze een goede lerares. Veel beter dan Peter Pan, of hoe hij ook mocht heten.

'Hallo, kinderen!' zei de directiesecretaresse opgewekt. Mevrouw Mops was een erg dikke, joviale dame, die altijd een bril met felgekleurd montuur op had. Ze zat altijd achter haar bureau in het kantoor van de directeur. Eigenlijk had nog nooit iemand haar zien opstaan. Het was niet uitgesloten dat ze zo dik was dat ze in haar stoel gekneld zat.

'We zijn gekomen om de directeur even te spreken, alstublieft,' zei Joe.

'We hebben een petitie voor hem,' steunde Lauren hem en ze hield het papier goed zichtbaar in haar handen.

'Een petitie!' zei mevrouw Mops stralend. 'Wat leuk!'

'Ja, om juf Spits haar baan terug te bezorgen,' zei Joe stoer om indruk te maken op Lauren. Heel even speelde hij zelfs met het idee met zijn vuist op het bureaublad te kloppen om zo zijn woorden kracht bij te zetten. Maar hij wilde de uitgebreide collectie glazen clowntjes van mevrouw Mops niet omver laten tuimelen.

'O ja, juf Spits. Uitstekende lerares! Ik begrijp er niets van. Maar jullie hebben meneer Stoffels helaas net gemist, kinderen.'

'O nee!' zei Joe.

'Tja, hij is net vertrokken. O, kijk, daar loopt hij!' Mevrouw Mops wees met een van haar met ringen overladen worstenvingers naar de parking.

Joe en Lauren tuurden door het raam. De directeur schoof heel traag verder met zijn looprekje.

'Rustig aan, meneer Stoffels, straks valt u nog!' riep mevrouw Mops hem na. En meteen draaide ze zich weer naar Joe en Lauren toe. 'Hij kan me niet horen. Eerlijk gezegd, hij kan helemaal niets horen! Wil je dat petitiedingetje hier bij mij laten?' Ze hield haar hoofd schuin en bestudeerde het papier even. 'Lieve hemel, het lijkt wel of alle handtekeningen eraf gevallen zijn!'

'We hoopten dat er meer zouden zijn,' zei Joe beteuterd.

'Als je hard loopt, kun je hem misschien nog inhalen,' zei mevrouw Mops.

Joe en Lauren glimlachten naar elkaar en wandelden traag naar de parking. Stomverbaasd zagen ze dat meneer Stoffels zonder looprekje moeizaam schrijlings op een fonkelende Harley Davidson klauterde. Het was een splinternieuwe motor, een pijlsnelle Vortex 3000. Joe wist dat, want zijn vader had een kleine verzameling van driehonderd motoren en hij liet zijn zoon altijd de brochures zien

met de nieuwe modellen die hij wilde kopen. Het pronk-stuk van de directeur kostte 250.000 euro, het was de duur-ste motor die er ooit gemaakt was. Hij was breder dan een auto, groter dan een vrachtwagen en zwarter dan een zwart gat. Kortom, hij was niet te vergelijken met het looprekje van de directeur.

'Meneer de directeur!' riep Joe.

Maar hij was te laat. Meneer Stoffels had zijn helm al opgezet en startte de motor. Hij gooide het beest in de versnelling en het scheurde brullend langs de beschei-den auto's van de leerkrachten, met een snelheid van ten minste honderd kilometer per uur. Het ging allemaal zo razendsnel dat de directeur zich nog net aan het stuur kon vastklampen, terwijl zijn oude beentjes in de lucht achter hem aan zwierden.

'JIIIIPIIIIEE!' riep de directeur en hij verdween in de verte met zijn belachelijke machine. Een paar tellen later was hij een zwart stipje aan de horizon.

'Er gebeuren vreemde dingen,' zei Joe tegen Lauren. 'De Heks vliegt eruit, de directeur rijdt met een motor van 250.000 euro ...'

'Doe niet zo gek, Joe! Het is gewoon toeval!' lachte Lau-ren. 'Nou, ben ik nog altijd uitgenodigd om vanavond te komen eten, of niet?' veranderde ze vlug van onderwerp.

'Ja! Tuurlijk!' zei Joe gretig. 'Zullen we afspreken voor de winkel van Raj, over een uurtje?'

'Cool. Tot strakjes.'

Joe glimlachte ook en keek haar na.

Maar de stralende glans die in zijn hoofd om Lauren hing, begon te verduisteren. Ineens had hij het gevoel dat er iets helemaal verkeerd zat ...

19
Een gigantisch achterste

'Misschien wil je directeur jong blijven,' opperde Raj.

Op weg naar huis was Joe even bij Raj naar binnen gelopen en hij had hem verteld welke vreemde dingen er die dag gebeurd waren.

'Jong blijven?' zei Joe. 'Meneer Stoffels is wel honderd jaar oud! Zijn leven is bijna voorbij!'

'Ik bedoel dat hij misschien probeert zich weer jong te *voelen*, wijsneus,' zei Raj.

'Maar het is de duurste motor van de wereld!' hield Joe vol. 'Hij kost een kwart miljoen! Meneer Stoffels is leraar, geen stervoetballer, hoe heeft hij zo'n dure motor kunnen kopen?'

'Dat weet ik niet,' zei Raj. 'Ik ben geen beroemde detective zoals Miss Mappy of Sherlock Homies.' Hij keek om zich heen en liet zijn stem zakken. 'Joe, ik wil je iets vragen. Strikt vertrouwelijk ...'

'Vraag het maar,' fluisterde Joe terug.

'Ik vind het heel erg vervelend, Joe ... Gebruik jij het speciale toiletpapier van je vader?'

'Ja, natuurlijk, Raj. Iederéén gebruikt het toch!'

'Wel, ik gebruik het nieuwste nu al een paar weken …'

'De bipsdoekjes die naar munt ruiken?' vroeg Joe.

Er was nu een heel assortiment van Bipsfrisproducten te koop:

HOTBIPSFRIS – geeft je bips een warm gevoel.

DAMESBIPSFRIS – erg zachte doekjes voor damesbipsen.

MUNTBIPSFRIS – laat je bips fris naar munt ruiken.

'Ja, en …' Raj ademde diep in. 'Nou, mijn achterste is nu helemaal … eh … paars.'

'Paars?' lachte Joe geschrokken.

'Dit is een zeer ernstige zaak,' zei Raj klagerig. Plots keek hij op. 'Een krant en een rolletje Rolo's, dan krijg ik drie euro van u, meneer Klein. Wees voorzichtig met de Rolo's. Die plakken aan uw kunstgebit.'

Hij wachtte tot de bejaarde man buiten was.

Ding! deed de deurbel.

'Ik had hem niet gezien.' Raj was bang dat de man misschien te veel gehoord had. 'Hij zal zich weer achter de cornflakesdozen verstopt hebben.'

'Je zei dat toch maar om te lachen, hè, Raj?' zei Joe met een plagerig glimlachje.

'Nee, ik meende dat heel serieus, Joe,' zei Raj ernstig.

'Laat zien!' zei Joe.

'Ik kan je mijn achterste toch niet laten zien, Joe!' riep Raj uit. 'We kennen elkaar nog maar pas! Maar ik zal je een grafiekje tekenen.'

'Een grafiekje?' vroeg Joe verbaasd.

'Momentje, jongen.'

Terwijl Joe toekeek, pakte Raj een blad papier en een paar pennen en tekende hij het volgende eenvoudige grafiekje.

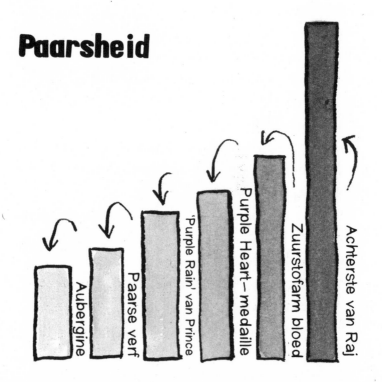

Paarsheid

Aubergine

Paarse verf

'Purple Rain' van Prince

Purple Heart–medaille

Zuurstofarm bloed

Achterste van Raj

'Jeetje, dat is wel erg paars!' zei Joe nadat hij het grafiekje aandachtig bekeken had. 'Doet het pijn?'

'Het is gevoelig.'

'Heb je het al aan een dokter laten zien?'

'Ja. Hij zei dat hij al honderden mensen uit de omgeving gezien had met een felgekleurd achterste.'

'O jee,' zei Joe.

'Misschien moet ik wel een transplantatie krijgen van mijn achterste!'

Joe kon het niet helpen, hij schoot in de lach. 'Een transplantatie van je achterste?'

'Ja!' zei Raj klagerig. 'Ik vind dat niet om te lachen, Joe.' Hij keek gekwetst voor zich uit, hij vond het duidelijk niet leuk dat er om zijn achterste gelachen werd.

'Nee, ik weet het,' zei Joe, maar hij kon niet ophouden met giechelen. 'Het spijt me.'

'Ik denk dat ik de nieuwe Bipsfrisdoekjes van je vader maar niet meer zal gebruiken, maar wel de glanzend witte die mijn vrouw altijd kocht.'

'Ik weet zeker dat het niet door de bipsdoekjes komt,' zei Joe.

'Waardoor zou het anders kunnen komen?'

'Luister, Raj, ik moet nu weg. Ik heb een afspraakje met mijn vriendinnetje.'

'Ooo, je vriendinnetje, hè?' zei Raj opgetogen. 'Het leuke meisje dat bij je was toen je ijsjes kwam kopen?'

'Ja, dat is ze,' zei Joe verlegen. 'Ik weet niet of ze al echt mijn vriendinnetje is, maar we zijn wel erg vaak samen ...'

'Nou, dan wens ik je een fijne avond toe!'

'Dank je.' Joe liep naar de deur, maar draaide zich nog even om. Hij kon het gewoon niet laten. 'O ja, Raj, veel geluk met de transplantatie van je achterste ...'

'Dank je, mijn vriend.'

'Ik hoop dat ze zo'n groot achterste kunnen vinden!' lachte Joe.

'Eruit!' riep Raj. 'Eruit, zeg ik!'

Ding!

'Brutaal kereltje,' mompelde Raj en hij begon glimlachend wat snoepgoed te ordenen.

20
Een in haar gerolde strandbal

Bipsfris Kasteel daverde van muziek. In alle kamers hingen kleurige lichten. Honderden mensen zwermden om het huis. Het feest zou zeker klachten uitlokken over geluidsoverlast.

Klachten van mensen in Zweden.

Joe wist helemaal niets van een feest. Bij het ontbijt had zijn vader er niets van gezegd en Joe had Lauren uitgenodigd voor het avondeten. Omdat het vrijdagavond was, konden ze ook laat opblijven. Het zou allemaal perfect verlopen. Misschien zou er zelfs gekust worden.

'Het spijt me,' zei Joe op de monumentale trap voor het huis. 'Hier wist ik helemaal niks van.'

'Ik vind het cool,' antwoordde Lauren. 'Ik ben gek op feestjes.'

Omdat het donker begon te worden en er mensen die hij niet kende met flessen champagne uit het huis tuimelden, nam Joe Lauren bij haar hand. Zo leidde hij haar door de kolossale eiken voordeur naar binnen.

'Wauw!' schreeuwde ze boven de muziek uit. 'Wat een geweldig huis!'

'Wat?' zei Joe.

Lauren kwam met haar mond vlak bij zijn oor, zodat hij haar kon verstaan. 'Ik zei: "Wauw, wat een geweldig huis!"'

Maar Joe kon haar nog niet echt verstaan. Haar warme adem zo dicht bij hem maakte hem zo blij dat hij even helemaal niets meer hoorde. 'DANK JE!' schreeuwde hij in haar oor.

Haar huid geurde zo zoet als honing.

Joe doorzocht het hele huis, maar zijn vader was nergens te vinden. In alle kamers zag Joe mensen, maar hij herkende niemand. Wie waren ze in vredesnaam? Ze zwolgen in cocktails en schrokten hapjes naar binnen alsof de volgende dag de wereld zou vergaan. Doordat hij maar klein was, kon Joe niet over de hoofden heen kijken. Zijn vader was niet in de biljartkamer. Hij was niet in de eetkamer. Hij was niet in de massagekamer. Hij was niet in de bibliotheek. Hij was niet in de andere eetkamer. Hij was niet in zijn slaapkamer. Hij was niet in de reptielenkamer.

'We zullen bij het zwembad gaan kijken!' schreeuwde Joe in Laurens oor.

'Hebben jullie een zwembad?' schreeuwde ze terug. 'Cool!'

Ze liepen door en zagen dat bij de sauna een vrouw voorovergebogen stond over te geven. Een man (vermoedelijk haar vriend) gaf haar bemoedigend klopjes op haar rug. Enkele gasten waren in het zwembad gevallen of gedoken en dobberden nu rond in het water. Joe zwom graag en hij huiverde toen hij bedacht dat ze wel niet uit het water zouden komen als ze moesten plassen.

Plots zag hij zijn vader. In een zwembroek en met zijn krullerige afro op zijn hoofd was hij aan het dansen op een heel ander nummer dan er gespeeld werd. Achter hem zag Joe een enorme muurschildering van een onnatuurlijk gespierde versie van zijn vader die op zijn rug lag met alleen een string aan. De echte meneer Prop stond daar nogal stom voor te swingen. Hij leek eerder op een in haren gerolde strandbal.

'Wat is hier gaande, pap?' Joe schreeuwde omdat de muziek erg hard klonk, maar hij was ook boos omdat zijn vader hem niets verteld had van het feest. 'Wie zijn al die mensen? Vrienden van je?'

'Nee, hoor! Ik betaal ze om hier te zijn. Elk vijfhonderd euro! Via partygasten.com!'

'Waarom wordt er gefeest?'

'Je zult het zeker erg fijn vinden!' schreeuwde meneer Prop. 'Safiera en ik zijn verloofd!'

'*Verloofd*?' Joe kon niet verbergen hoe geschokt hij was. 'Lieve …'

'Fantastisch nieuws, hè?' schreeuwde meneer Prop boven de bonke-bonke-bonkende muziek uit.

Joe kon het niet geloven. Zou die hersenloze bimbo zijn nieuwe mama worden?

'Ik vroeg het haar gisteren en ze zei nee,' vervolgde meneer Prop. 'Maar ik vroeg het vandaag opnieuw en ik gaf haar een ring met een prachtige diamant en toen zei ze ja!'

'Gefeliciteerd, meneer Prop,' zei Lauren.

'Jij bent vast een schoolvriendinnetje van mijn zoon …' zei meneer Prop nogal stuntelig.

'Dat klopt, meneer Prop,' antwoordde Lauren.

'Noem me maar Len,' glimlachte meneer Prop. 'Je moet Safiera leren kennen. SAFIERA!'

Safiera kwam meteen naar hen toe gewankeld op haar felgele hoge hakken en in haar nog feller gele bikini.

'Laat je Joe's vriendinnetje de verlovingsring even zien, verrukkelijk vrouwtje van mijn leven? Twintig miljoen, alleen al voor de diamant!'

Joe gluurde naar de diamant aan de vinger van zijn toekomstige stiefmoeder. De steen was zo groot als een kleine bungalow. Door het gewicht bungelde haar linkerarm lager dan haar rechter.

'Eh ... eh ... oh ...' deed ze. 'Hij is zo zwaar dat ik mijn arm niet kan opheffen. Maar als je vooroverbuigt, kun je hem zien ...'

Lauren schoof wat dichterbij om de steen te kunnen bekijken.

'Heb ik jou al niet ergens gezien?' vroeg Safiera.

Meneer Prop kwam snel tussenbeide. 'Neenee, dat kan niet, mijn enige echte geliefde.'

'Ik weet het zeker!' zei Safiera.

'Kan niet, mijn engeltjeskoekje!'

'OMG! Ik weet waar ik je gezien heb!'

'Ik zei hou je mond, mijn met chocolade bestrooide prinsesje!' zei meneer Prop.

'Jij zat in die spot over noedels!' riep Safiera uit.

Joe draaide zich naar Lauren toe, maar die keek naar de vloer.

'Goeie spot,' vervolgde Safiera. 'Je kent die toch ook, Joe. Voor die nieuwe zoetzure smaak. Dat spotje waarin ze mensen met karatetrappen belet er te jatten!'

'Je bent wel actrice!' stamelde Joe.

Nu herinnerde hij zich het spotje. Laurens haar had nu een andere kleur en ze droeg nu geen gele jumpsuit, maar ze was het.

'Ik zal maar gaan,' zei Lauren.

'Heb je over je vriendje ook gelogen?' vroeg Joe hard.

'Vaarwel, Joe.' Lauren zigzagde tussen de gasten door en verdween.

'LAUREN!' schreeuwde Joe haar na.

'Laat haar gaan, jongen,' zei meneer Prop triest.

Maar Joe rende achter haar aan. Net voor de stenen trap haalde hij haar in en hij greep haar bij een arm, harder dan hij bedoelde.

Ze draaide zich om. 'Au!' riep ze met een pijnlijk gezicht.

'Waarom heb je tegen me gelogen?' stamelde Joe.

'Vergeet het maar gewoon, Joe.' Ineens leek Lauren een heel ander meisje. Haar stem klonk bekakt en ze keek niet langer vriendelijk. De twinkeling in haar ogen was verdwenen en de glans die om haar heen gehangen had, was een schaduw geworden. 'Je wilt het niet weten,' zei ze.

'Wat wil ik niet weten?'

'Oké, als je aandringt … Je vader zag me in dat spotje over noedels en hij belde mijn manager op. Hij zei dat je niet gelukkig was op school en betaalde me om je vriendinnetje te zijn. Het was allemaal oké tot je me probeerde te kussen.' Ze huppelde de trap af en liep over de lange oprit.

Joe keek haar een paar tellen na, maar toen werd de pijn in zijn hart zo erg dat hij voorover moest buigen. Hij liet zich op zijn knieën vallen. Een van de gasten stapte over hem heen, maar hij keek niet op. Hij voelde zich zo ongelukkig dat hij dacht nooit meer te kunnen opstaan.

21
Een diploma make-up

'PAPA!' schreeuwde Joe.

Hij was nooit eerder zo boos geweest en hoopte dat hij het nooit meer zou zijn.

Hij rende naar het zwembad om een hartig woordje met zijn vader te spreken.

Meneer Prop schikte nerveus zijn toupetje toen hij zijn zoon zag komen.

Joe begon te hyperventileren toen hij vlak voor hem stond. Hij was zo woedend dat hij geen woord kon uitbrengen.

'Het spijt me heel erg, jongen. Ik dacht dat het dat was wat je wilde. Vriendschap. Ik wilde alleen maar dat je je beter zou voelen op school. Ik heb ook die lerares die je haatte laten ontslaan. Daarvoor hoefde ik de directeur alleen maar een motor te kopen.'

'Dus ... je liet een oude dame ontslaan ... En toen ... toen betaalde je een meisje om me aardig te vinden ...'

'Ik dacht dat het was wat je wilde.'

'*Wat?*'

'Luister, jongen, ik kan een andere vriend voor je kopen …'

'JE SNAPT ER NIKS VAN!' schreeuwde Joe 'Er zijn dingen die je niet *kunt* kopen!'

'Wat dan?'

'Vriendschap, bijvoorbeeld! Gevoelens! Liefde!'

'Dat laatste kun je *wel* kopen,' mengde Safiera zich in het gesprek. Ze kon haar hand nog altijd niet opheffen.

'Ik haat je, papa!' schreeuwde Joe. 'Ik haat je echt!'

'Joe, alsjeblieft,' smeekte meneer Prop. 'Alsjeblieft, jongen, blijf kalm. Wat zou je denken van een chequeje van vijf miljoen?'

'O ja, graag!' zei Safiera.

Joe snoof minachtend. 'Ik wil je stomme geld niet meer.'

'Maar … jongen …' hakkelde meneer Prop.

'Het allerlaatste wat ik wil, is eindigen zoals jij! Een man van middelbare leeftijd, verloofd met een hersendode tiener!'

'Pardon?' zei Safiera boos. 'Ik heb wel een diploma make-up!'

'Ik wil jullie nooit meer zien!' zei Joe. Hij rende van hen weg, duwde de overgevende dame zo ruw opzij dat ze in het water viel en knalde een paar tellen later de reusachtige deur achter zich dicht. Zo hard, dat een van de muurtegeltjes met meneer Prop in string van de muur sprong en op de vloer in stukken viel.

'JOE! JOE! WACHT!' schreeuwde meneer Prop.

Joe dook tussen groepjes gasten door, holde naar zijn kamer en sloeg de deur dicht. Omdat er geen sleutel was, pakte hij een stoel en wrikte die onder de klink. Terwijl hij de muziek door het vloerkleed hoorde bonken, pakte hij een tas en begon die vol kleren te proppen. Hij had geen idee waar hij naartoe zou gaan en wist dus niet wat hij nodig zou hebben. Hij wist alleen maar dat hij geen minuut langer in dat stomme huis wilde blijven.

Om te beginnen pakte hij een paar van zijn lievelings-
boeken (*Meneer Stink* en *De jongen in de jurk*, die hij zowel
hilarisch als hartverwarmend vond). Daarna keek hij op
het rek naar al zijn dure speelgoed en snufjes. Zijn ogen
dwaalden naar de kleine raket van lege toiletrolcilinder-
tjes die zijn vader hem gegeven had toen hij nog op de
fabriek werkte. Joe herinnerde zich dat het een cadeautje voor zijn achtste verjaardag geweest was. Zijn ouders
waren toen nog samen en nu dacht hij dat hij toen misschien wel voor het laatst echt gelukkig geweest was.

Net toen hij zijn hand uitstak om de raket van het rek
te nemen, werd er hard op de deur gebonkt.

'Joe? Laat me erin, jongen …'

Joe gaf geen kik. Hij had die man niets meer te zeggen.
Zijn vader was al jaren niet meer de man die hij vroeger
geweest was.

'Joe, alsjeblieft,' zei meneer Prop.

En toen bleef het even stil.

DDDDDRRRRREEEEEEEUUUUUN-
NNNNNNNN.

Joe's vader probeerde uit alle macht de deur open te krijgen.

'Doe de deur open!'

DDDDDRRRRREEEEEEEUUUUUN-NNNNNNN.

'Ik heb je alles gegeven!' Hij gooide zich nu met zijn volle gewicht tegen de deur en de poten van de stoel drongen heldhaftig almaar dieper in het vloerkleed.

Hij probeerde het opnieuw.

DDDDDRRRRREEEEEEEEEEEUUUUU UUUUUUNNNNNNNNNNNNNNNN.

Daarna hoorde Joe een veel zachter dreuntje: zijn vader gaf het op en leunde nu tegen de deur.

En plots klonk er een schurend geluid. Het zware lichaam van zijn vader gleed langs de deur. En er was ook zacht gejammer te horen. De lichtstreep onder de deur verdween. Zijn vader moest op de vloer gezakt zijn.

Prop Junior voelde zich ondraaglijk schuldig. Hij wist dat hij het verdriet van zijn vader kon verdrijven door gewoon de deur open te doen. Heel even legde hij een hand op de stoel. Maar …

Als ik die deur opendoe, zal er niks veranderen, dacht hij.

Hij ademde diep in, hief zijn hand op, pakte zijn tas en liep naar het raam. Hij deed het zachtjes open, zodat

zijn vader het niet kon horen, en kroop op de venster-
bank. Hij keek nog een laatste keer over zijn schouder naar
zijn kamer en sprong. De duisternis in en naar een nieuw
hoofdstuk …

22
Een nieuw hoofdstuk

Joe liep zo snel als hij kon. Eerlijk gezegd was dat niet erg snel, maar dat leek het wel voor hem. Hij rende over de lange, lange oprit. Was de bewakers te slim af. Sprong over de muur. Stond die muur daar om ongewenste bezoekers buiten te houden of hem binnen? Zo had hij het nooit eerder bekeken. Maar hij had nu geen tijd om daarover na te denken. Hij moest rennen. En blijven rennen.

Joe had geen idee waar hij naartoe liep. Hij wist alleen maar waarom hij wegliep. Hij kon geen minuut langer in dat stomme huis bij zijn stomme vader blijven.

Hij liep de straat op. Het enige wat hij kon horen, was zijn eigen ademhaling, steeds sneller. Hij had een soort bloedsmaak in zijn mond. Hij had spijt dat hij niet harder zijn best gedaan had voor de veldloop op school.

Het was al laat. Voorbij middernacht. De lantaarnpalen verlichtten flauwtjes het lege stadje. Toen hij bij het centrum kwam, vertraagde hij en bleef ten slotte staan. Er stond een eenzame auto in de straat. Ineens drong het tot Joe door dat hij daar helemaal alleen stond en hij rilde van angst. De werkelijkheid van zijn grote ontsnapping overviel hem. Hij keek naar zijn spiegelbeeld in de donkere ruit van een gesloten snackbar. Een mollige jongen van twaalf die niet wist waarheen keek terug. Een politiewagen gleed traag en haast onhoorbaar voorbij. Waren ze op zoek naar hem? Hij verstopte zich achter een grote plastic vuilnisbak. Zijn maag kwam in opstand tegen de geur van vet en ketchup en gebakken karton en hij moest bijna braken. Hij legde een hand op zijn mond om het geluid te smoren. Hij wilde niet dat de agenten hem zouden vinden.

De politiewagen sloeg een hoek om en Joe waagde zich weer op de straat. Als een hamster die uit zijn kooitje ontsnapt was, bleef hij dicht bij de muren en hoeken. Kon hij naar Bob gaan? Nee, dacht hij. Door zijn vreugde vanwege zijn afspraakje met Lauren (of hoe ze ook mocht heten) had hij zijn enige vriend erg gekwetst. Met mevrouw Klodder had hij goed kunnen praten, maar ze had de hele tijd achter zijn geld aan gezeten.

En Raj? Ja, dacht Joe. Hij kon bij de krantenverkoper met zijn paarse achterwerk gaan inwonen. Hij kon er zijn kamp opslaan achter de koelkast. Daar zat hij veilig verstopt en kon hij de hele dag zijn favoriete magazine lezen en van hard geworden snoepgoed genieten. Hij kon zich geen beter leven voorstellen.

Zijn fantasie sloeg op hol en even later deden zijn benen dat ook. Hij liep de straat over en sloeg linksaf. De winkel van Raj was maar een paar straten verderop.

Ergens boven zijn hoofd, in de donkere lucht, hoorde hij in de verte iets zoemen. Het klonk almaar harder. Het werd eerder gebrom. Daarna geronk.

Het was een helikopter. Er danste een zoeklicht door de straten. En ineens klonk de stem van meneer Prop door een luidspreker.

'JOE PROP, HIER SPREEKT JE VADER! KOM TEVOORSCHIJN! IK HERHAAL, KOM TEVOORSCHIJN!'

Joe dook in het portaal voor The Body Shop. Het zoeklicht had hem net gemist. De geur van douchegel met ananas en granaatappel en van pitaja voetenscrub prikkelde aangenaam zijn neus. Terwijl hij de helikopter boven zijn hoofd hoorde ronken, schoot hij naar de overkant van de straat. Daar sloop hij langs de Pizza Hut en de Pizza Express en zocht toen beschutting in het halletje van nog een andere pizzatent. Een paar tellen later wilde hij naar de Bella Pasta sprinten, maar net op dat ogenblik keerde de helikopter plots terug. In een oogwenk zat Joe gevangen midden in de straal van het zoeklicht.

'NIET BEWEGEN. IK HERHAAL, NIET BEWEGEN,' brulde de stem.

Joe keek naar het licht en zijn lichaam daverde door de kracht van de wentelende schroef.

'Maak dat je wegkomt!' schreeuwde hij. 'Ik herhaal, maak dat je wegkomt!'

'KOM MEE NAAR HUIS, JOE.'

'Nee!'

'JOE, IK ZEI ...'

'Ik heb gehoord wat je zei en ik kom niet naar huis,' schreeuwde Joe. 'Ik kom nooit meer naar huis!'

Met dat schelle licht op hem gericht voelde hij zich alsof hij op het toneel stond in een heel dramatisch stuk. De helikopter klapwiekte nog even boven zijn hoofd en de luidspreker kraakte, maar verder bleef het stil.

Joe rende weg en dook in een steegje. Hij holde over een parking en langs de achtergevel van een supermarkt. Hij hoorde de helikopter snel alleen nog zachtjes zoemen, niet eens harder dan het piepen van een paar wakker geschoten vogels.

Even later klopte Joe zachtjes op het metalen rolluik van Raj's winkel. Omdat hij geen beweging zag, begon hij met zijn vuisten op het luik te bonken dat het ervan schudde. Maar er reageerde nog altijd niemand.

Joe keek op zijn horloge. Het was twee uur 's nachts. Geen wonder dat Raj niet in zijn winkel was.

Het zag ernaar uit dat Joe de allereerste biljonair zou zijn die onder de blote hemel moest slapen.

23

Een goed gesprek

'Wat doe jij daar in die bak?'

Joe wist niet zeker of hij wakker was of droomde dat hij wakker was. Hij wist wel zeker dat hij niet kon bewegen. Hij was helemaal verstijfd van de kou en hij had overal pijn. Hij kon zijn ogen niet opendoen, maar hij wist zeker dat hij niet wakker geworden was tussen de zijden lakens van zijn hemelbed.

'Ik vroeg wat je daar in die bak doet,' vroeg de stem opnieuw.

Joe fronste verward zijn wenkbrauwen. Zijn butler sprak niet met een Indiaans accent. Joe probeerde zijn ogen open te krijgen, die dicht zaten van de slaap. Hij zag een breed glimlachend gezicht boven zich.

Het gezicht van Raj.

'Waarom ben jij hier op dit onchristelijke uur, jongeheer Prop?' vroeg de krantenverkoper vriendelijk.

Het daglicht begon door de duisternis heen te dringen en Joe keek om zich heen. Hij was in de afvalcontainer geklommen die voor de winkel van Raj stond en was er in slaap gevallen. Een paar bakstenen hadden als hoofdkussen gediend, een stuk zeildoek als deken en een bestofte oude houten deur als matras. Geen wonder dat elk deeltje van zijn lichaam pijn deed.

'O, eh, hallo, Raj,' zei hij schor.

'Hallo, Joe. Ik wilde net mijn winkeldeur opendoen toen ik iemand hoorde snurken. En daar lag jij. Ik was erg verbaasd, hoor!'

'Ik snurk niet!' protesteerde Joe.

'Het spijt me dat ik je moet meedelen dat je dat wél doet. 'Wil je nu zo vriendelijk zijn uit die bak te klimmen en naar mijn winkel te komen? Ik denk dat we eens moeten praten.' Raj klonk doodserieus.

O nee! dacht Joe. Nu heb ik ook al problemen met Raj!

Raj was wel even groot en even oud als een volwassen man, maar hij had niets van een vader of een leraar. Je kon maar moeilijk problemen met hem krijgen. Een meisje van Joe's school had eens een zakje snoepjes willen gappen en Raj had haar voor vijf volle minuten uit zijn winkel verbannen.

De stoffige biljonair klauterde uit de container. Raj pakte een stapeltje magazines van een krukje en legde een exemplaar van de *Financiële Tijd* over Joe's schouders alsof het een groot, saai laken was.

'Je hebt vast de hele nacht in de kou gelegen, Joe,' zei hij. 'Nu moet je eerst wat eten. Een lekker warm kopje chocolademelk misschien?'

'Nee, dank je,' zei Joe.

'Twee gepocheerde Rolo-eitjes?'

Joe schudde zijn hoofd.

'Je moet iets eten, jongen. Een geroosterde Galaxyreep?'

'Nee, dank je.'

'Een heerlijk kommetje chips? Met warme melk?'

'Ik heb helemaal geen trek, Raj,' zei Joe.

'Van mijn vrouw moet ik een heel streng dieet volgen,'

zei Raj. 'Als ontbijt mag ik alleen maar fruit eten.' Hij haalde het wikkeltje van een chocoladereep met sinaasappelsmaak. 'Ga je me nu vertellen waarom je vannacht in die container geslapen hebt?'

'Ik ben thuis weggelopen,' antwoordde Joe.

'Dat vermoedde ik al,' brabbelde Raj met zijn mond vol chocolade. 'O, pitjes!' zei hij en hij spuugde iets in de palm van zijn hand. 'De vraag is: waarom?'

Joe voelde zich duidelijk helemaal niet lekker. Hij besefte dat de situatie zowel voor hem als voor zijn vader beschamend was. 'Wel … Weet je nog dat ik samen met een meisje ijsjes kwam kopen?'

'Ja, hoor!' riep Raj enthousiast. 'Ik zei toen dat ik haar al eens ergens gezien had! Ze was gisteravond op tv! In een spotje over noedels! En? Heb je haar al gekust?'

'Nee. Ze deed maar alsof ze me aardig vond. Mijn vader had haar betaald om mijn vriendinnetje te worden.'

'O jee,' zei Raj en de glimlach verdween van zijn gezicht. 'Dat is niet goed. Dat is helemáál niet goed.'

'Ik haat hem,' zei Joe fel.

'Alsjeblieft, zeg dat niet, Joe,' zei Raj geschokt.

'Maar het is wáár!' Joe draaide zich naar Raj toe en zijn ogen fonkelden. 'Ik heb echt de pest aan hem.'

'Joe! Hou onmiddellijk op met zulke dingen te zeggen. Hij is je vader.'

'Ik haat hem. Ik wil hem mijn hele leven niet meer zien.'

Onzeker stak Raj zijn arm uit en hij legde zijn hand op Joe's schouder.

Joe's woede sloeg onmiddellijk om in verdriet. Met gebogen hoofd begon hij te huilen in zijn eigen schoot. Hij kon het niet helpen dat zijn schouders schokten en dat zijn tranen maar bleven stromen.

'Ik begrijp je verdriet, Joe,' zei Raj aarzelend. 'Ik begrijp het heel goed. Door wat je zei, had ik al begrepen dat je dat meisje erg aardig vond. Maar ik denk dat je vader … dat hij je alleen maar gelukkig probeerde te maken.'

'Het komt allemaal door dat geld,' zei Joe nauwelijks verstaanbaar, door zijn tranen heen. 'Het heeft alles kapotgemaakt. Ik heb er zelfs mijn enige vriend door verloren.'

'Daar zeg je zoiets. Ik heb jou en Bob al een hele tijd niet meer samen gezien. Wat is er gebeurd?'

'Ik heb me ook als een idioot gedragen. Ik heb echt gemene dingen tegen hem gezegd.'

'O jee.'

'We kregen ruzie toen ik een paar bullebakken betaald had om hem niet meer te pesten. Ik dacht dat ik hem geholpen had, maar hij werd daar echt boos om.'

Raj schudde langzaam zijn hoofd. 'Weet je, Joe …' zei hij nadenkend. 'Eigenlijk verschilt wat jij voor Bob deed niet zo erg van wat je vader voor jou deed.'

'Misschien ben ik wel een verwende rotjongen,' zei Joe. 'Zoals Bob zei.'

'Onzin,' zei Raj. 'Je hebt iets stoms gedaan en daarvoor moet je je verontschuldigen. Als Bob zelfs maar een greintje verstand heeft, zal hij het je vergeven. Ik weet dat je je hart volgde. Dat je het goed bedoelde.'

'Ik wilde alleen maar dat ze ophielden met hem te pesten,' zei Joe. 'Ik dacht dat als ik hun geld gaf …'

'Zo moet je bullebakken niet aanpakken, jongeman.'

'Dat weet ik nu ook,' gaf Joe toe.

'Als je hun geld geeft, komen ze terug en willen ze nog meer geld.'

'Ik weet het. Maar ik probeerde hem alleen maar te helpen.'

'Je moet begrijpen dat je met geld niet alles kunt oplossen, Joe. Misschien had Bob zich uiteindelijk wel zelf tegen die bullebakken verzet. Met geld los je zoiets niet op … Weet je dat ik ooit een rijke man was?'

'*Echt*?' Joe vond het meteen vervelend dat hij wel erg verbaasd klonk. Hij snufte en veegde met zijn mouw over zijn natte gezicht.

'O ja,' antwoordde Raj. 'Ik was ooit eigenaar van een grote keten van krantenwinkels.'

'Wauw! Hoeveel winkels bezat je dan, Raj?'

'Twee. Ik nam elke week letterlijk honderden euro's mee naar huis. Als ik iets wilde hebben, kon ik het gewoon kopen. Zes Chicken McNuggets? Ik kocht er negen! Ik gooide een heleboel geld weg aan een splinternieuwe tweedehands Ford Fiesta. En het kon me niet schelen dat ik twee euro boete moest betalen als ik een dvd een dag te laat terug naar de videotheek bracht.'

'O … eh … wel, dat klinkt als een wild leven,' zei Joe, want hij kon niet zo gauw iets anders bedenken. 'Wat is er fout gelopen?'

'Twee winkels, dat betekende dat ik heel hard moest werken en het altijd erg druk had, jongen. Daardoor vergat ik voldoende tijd door te brengen met de enige persoon van wie ik echt hield. Mijn vrouw. Ik overlaadde haar met geschenken. Dozen chocolaatjes, een verguld halssnoer uit een catalogus, prachtige jurken uit de supermarkt. Ik dacht dat ik haar daarmee gelukkig kon maken. Maar eigenlijk wilde ze alleen maar dat ik meer tijd voor haar zou vrijmaken.' Raj glimlachte triest.

'Dat is precies wat ik wil!' riep Joe uit. 'Gewoon leuke dingen doen met mijn vader. Dat stomme geld kan me gestolen worden.'

'Kom nu maar,' zei Raj. 'Ik weet zeker dat je vader heel veel van je houdt. Hij zal nu wel doodongerust zijn. Kom, ik zal je naar huis brengen.'

Joe keek hem aan en glimlachte zelfs even. 'Oké. Maar kunnen we eerst even bij Bob langsgaan? Ik moet hem echt spreken.'

'Ja, ik denk dat je gelijk hebt,' zei Raj. 'Ik geloof dat ik zijn adres wel heb, want zijn moeder heeft een abonnement op een weekblad.' Hij bladerde in zijn adresboek. 'Of is het een krant? Of is het dat blad over boten? Ik kan dat allemaal niet onthouden … Ah, hier heb ik het! Winton Estate, appartement 112.'

'Dat is ver,' zei Joe.

'Geen probleem, Joe! We nemen de Rajmobiel!'

24
De Rajmobiel

'Is dat de Rajmobiel?' vroeg Joe.

Hij en Raj keken naar een piepklein meisjesdriewieler-
tje. Het was roze, vooraan zat er een wit mandje op en het
zou zelfs te klein geweest zijn voor een meisje van zes.

'Ja!' zei Raj trots.

Toen Raj zei dat ze de Rajmobiel zouden nemen, had
Joe zich iets voorgesteld als de Batmobiel van Batman of
de Aston Martin van James Bond of toch ten minste iets
als de bestelwagen van Scooby Doo.

'Het is een beetje te klein voor je, vind je ook niet?' vroeg hij.

'Ik heb hem op eBay gekocht voor drie euro, Joe. Op
de afbeelding leek hij veel groter. Ik denk dat er op de foto
een dwerg naast stond! Maar voor die prijs was het toch
echt een koopje.'

Erg tegen zijn zin klauterde Joe in het mandje en Raj
ging op het zadel zitten.

'Hou je goed vast, Joe!' zei hij. 'De Rajmobiel is een echt
beest!' Hij duwde op de pedalen en de driewieler begon
traag te rollen. De draaiende wielen piepten hard.

RING.

Nee, lezer, dat was ... O, ik denk dat ik al te vaak met dat grapje uitgepakt heb.

'Ja?' zei de vrouw die de deur van nummer 112 opendeed. Ze had een vriendelijke maar ook droevige blik in haar ogen.

'Bent u Bobs moeder?' vroeg Joe.

'Ja,' zei de vrouw en ze keek hem zijdelings aan. 'Jij bent vast Joe,' zei ze niet erg vriendelijk. 'Bob heeft me alles over je verteld.'

'O!' Joe kon wel in de grond kruipen. 'Ik zou met hem willen praten, als dat kan.'

'Ik weet niet of hij wel met jou wil praten.'

'Het is erg belangrijk. Ik weet dat ik hem slecht behandeld heb. Maar ik wil het goedmaken. Alstublieft!'

Bobs moeder zuchtte en deed de deur verder open. 'Kom dan maar binnen,' zei ze.

Joe liep achter haar aan. Het flatje was zo klein, dat het helemaal in zijn slaapkamer met eigen badkamer kon. Het had duidelijk betere tijden gekend. Het papier hing los aan de muren en het vloerkleed was hier en daar afgesleten.

De vrouw bracht hem door de gang naar Bobs kamer en klopte op de deur.

'Wat is er?' hoorden ze Bob vragen.

'Joe is hier,' antwoordde zijn moeder. 'Hij wil met je praten.'

'Zeg maar dat hij moet opdonderen!'

De vrouw keek wat ongemakkelijk naar Joe. 'Doe niet zo grof, Bob. Doe de deur open.'

'Ik wil niet met hem praten.'

'Zal ik maar weggaan?' vroeg Joe en hij draaide zich al half om naar de voordeur.

Maar Bobs moeder schudde haar hoofd. 'Doe onmiddellijk de deur open, Bob! Hoor je me? Onmiddellijk!'

De deur ging open. Bob had zijn pyjama nog aan.

Hij keek Joe aan. 'Wat wil je?' vroeg hij kortaf.

'Ik wil met je praten,' antwoordde Joe.

'Goed, praat maar.'

'Zal ik een ontbijtje voor jullie klaarzetten?' vroeg Bobs moeder.

'Nee, hij blijft niet lang,' antwoordde Bob.

'Tsss!' deed zijn moeder afkeurend en ze verdween naar de keuken.

'Ik kom je alleen maar zeggen dat het me spijt,' stamelde Joe.

'Wel een beetje laat, niet?' zei Bob.

'Luister, het spijt me echt heel, heel erg dat ik dat allemaal tegen je gezegd heb.'

Bob keek hem boos aan. 'Je deed echt gemeen tegen me.'

'Ik weet het. En het spijt me. Ik kon gewoon niet begrijpen waarom je zo uit je bol ging. Ik had de Larven alleen maar geld gegeven omdat ik niet wilde dat ze je pestten en …'

'Ja, maar …'

'Ik weet het, ik weet het,' zei Joe snel. 'Ik weet nu dat het verkeerd van me was. Ik wil alleen maar dat je begrijpt wat ik toen voelde.'

'Een echte vriend zou voor me opgekomen zijn. Zou me verdedigd hebben. In plaats van met geld te smijten om het probleem op te lossen.'

'Ik ben een idioot, Bob. Ik weet dat nu. Een geweldig dikke, vette, stomme idioot.'

Bob glimlachte heel even, al deed hij hard zijn best om dat niet te doen.

'En wat Lauren betreft, had je gelijk,' vervolgde Joe.

'Toen ik zei dat ze komedie speelde?'

'Ja. Ik weet nu dat mijn vader haar betaalde om mijn vriendinnetje te zijn.'

'Dat wist ik niet. Dat moet je erg pijn gedaan hebben.'

Joe voelde een steek in zijn hart toen hij terugdacht aan de pijn die hij de avond ervoor gevoeld had tijdens het feestje bij hem thuis. 'Heel erg pijn,' knikte hij. 'Ik vond haar echt aardig.'

'Ik weet het. Je vergat wie je échte vrienden waren.'

Joe voelde zich schuldig. 'Ik weet het ... Het spijt me heel erg. Ik vind je echt aardig, Bob. Echt waar. Je bent op school de enige die me aardig vond om wie ik ben, niet vanwege mijn geld.'

'Laten we dan maar geen ruzie meer maken, oké, Joe?' Bob glimlachte.

Joe glimlachte ook. 'Het enige wat ik ooit echt wilde hebben, was een vriend.'

'Je bent nog altijd mijn vriend, Joe. En dat zul je altijd zijn.'

'Luister,' zei Joe. 'Ik heb iets voor je. Een cadeautje. Omdat het me spijt.'

'Joe!' zei Bob teleurgesteld. 'Kijk, als het een nieuwe Rolex is, of een heleboel geld, dan wil ik het niet hebben, oké?'

Joe glimlachte. 'Nee, het is alleen maar een Twix. Ik dacht dat we die konden delen.' Hij trok de snoepreep uit zijn zak.

Bob grinnikte.

Joe grinnikte ook. Hij haalde het wikkeltje van de Twix en gaf Bob een van de vingers.

Maar net toen Joe het met chocolade en karamel overgoten koekje naar binnen wilde schrokken …

'Joe!' riep Bobs moeder vanuit de keuken. 'Kom eens gauw kijken! Je vader is op tv!'

25
Gebroken

Gebroken. Dat is het enige woord om te beschrijven hoe Joe's vader eruitzag. Hij stond voor Bipsfris Kasteel, in zijn ochtendjas. Met rood behuilde ogen praatte hij tegen camera's.

'Ik heb alles verloren,' zei hij traag, met een ontredderde uitdrukking op zijn gezicht. 'Alles. Maar het enige wat ik terug wil, is mijn zoon. Mijn fantastische jongen.'

Er welden tranen op in zijn ogen en hij snakte naar adem.

Joe keek naar Bob en zijn moeder. Ze stonden in de keuken naar het scherm te staren.

'Wat bedoelt hij?' vroeg Joe. 'Hoezo heeft hij alles verloren?'

'Het was net in het nieuws,' antwoordde Bobs moeder. 'Iedereen daagt je vader voor het gerecht. Iedereen heeft door Bipsfris een paars achterwerk gekregen.'

'*Wat*?' zei Joe en hij draaide zich opnieuw naar de tv.

'Als je hiernaar zit te kijken, jongen … Kom naar huis. Alsjeblieft, ik smeek je. Ik heb je nodig. Ik mis je zo erg …'

Joe stak zijn arm uit en raakte het scherm aan. Hij voelde tranen in zijn ooghoeken. Er schoot wat statische elektriciteit over zijn vingertoppen.

'Je kunt maar beter naar hem toe gaan,' zei Bob.

'Ja,' zei Joe, maar hij was te geschokt om te kunnen bewegen.

'Als jij en je vader niet weten waarheen, zijn jullie hier welkom,' zei Bobs moeder.

'Ja, natuurlijk,' viel Bob haar bij.

'Dank je wel,' zei Joe. 'Ik zal het hem zeggen. Ik moet nu weg.'

'Ja,' zei Bob. Hij stak zijn armen uit en gaf Joe een knuffel.

Joe kon zich niet herinneren wanneer iemand hem voor het laatst een knuffel gegeven had. Dat was nog iets wat je

niet met geld kon kopen. En Bob knuffelde geweldig. Hij was echt mals.

'Ik zie jullie later dan nog wel, denk ik,' zei Joe.

'Ik zal voor gehakt met een pureekorstje zorgen,' glimlachte Bobs moeder.

'Mijn vader is gek op gehakt met een pureekorstje,' zei Joe.

'Dat weet ik,' zei ze. 'Je vader en ik zaten samen op school.'

'Echt?' vroeg Joe.

'Ja, maar toen had hij wel een beetje meer haar en een beetje minder geld!' grapte ze.

Joe stond zichzelf een glimlachje toe. 'Dank je wel.'

De lift was defect, dus holde Joe zo snel de trappen af dat hij nu en dan tegen de muur bonkte. Buiten rende hij naar het parkeerterrein, waar Raj stond te wachten.

'Bipsfris Kasteel, Raj! Plankgas!'

Raj trapte zo hard als hij kon en de driewieler rolde door de straat. Ze reden langs de krantenwinkel van een concurrent en Joe zag de koppen van de kranten in de rekken aan de gevel. Zijn vader stond op elke voorpagina.

BIPSFRIS-SCHANDAAL

BILJONAIR PROP BIJNA FAILLIET

BIPSFRIS IS GEVAARLIJK VOOR JE ACHTERSTE

IS JE ACHTERSTE PAARS?

NACHTMERRIE MET PAARSE BILLEN DOOR BIPSFRIS

KONINGIN HEEFT BAVIANENKONT

HORRORKONTEN

POSH SPICE NEEMT ANDER KAPSEL

Of toch op bijna elke voorpagina.

'Je had gelijk, Raj!' zei Joe toen ze door de hoofdstraat raceten.

'Waarover precies?' vroeg Raj en hij wiste het zweet van zijn voorhoofd.

'Over Bipsfris! Iedereen heeft er een paars achterwerk van gekregen!'

'Dat zei ik toch! Heb je al naar dat van jou gekeken?'

Daar had Joe totaal niet aan gedacht. Er was ook zo veel gebeurd sinds hij de vorige dag in de krantenwinkel geweest was. 'Nee.'

'Nou?' drong Raj aan.

'Blijf staan!'

'Wat?'

'Ik zei dat je moet stoppen!'

Raj zwenkte naar het trottoir.

Joe sprong uit het mandje, keek over zijn schouder en trok de achterkant van zijn broek een beetje naar beneden.

'En?' vroeg Raj.

Joe keek en twee dikke, paarse billen staarden hem aan. 'Het is paars!'

Laten we nog een keer naar Raj's grafiekje kijken. Als

we Joe's achterste eraan toevoegen, ziet het er nu zo uit:

Paarsheid

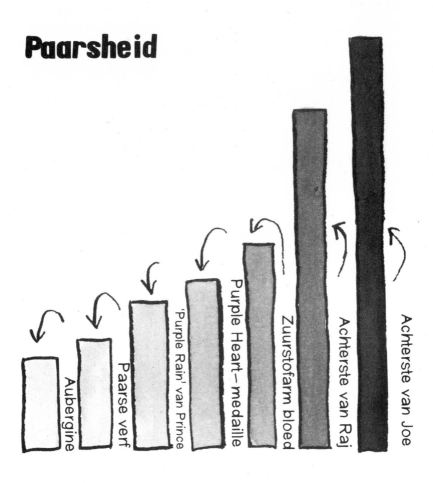

Aubergine

Paarse verf

'Purple Rain' van Prince

Purple Heart—medaille

Zuurstofarm bloed

Achterste van Raj

Achterste van Joe

Kortom, Joe's kont was heel **heel heel heel heel heel heel
heel heel heel heel heel heel heel heel heel heel heel heel
heel heel heel heel heel heel heel heel heel heel heel heel
heel heel heel heel heel heel heel heel heel heel heel heel
heel heel heel heel heel heel heel heel heel heel heel heel
heel heel heel heel heel heel heel heel heel heel heel heel
heel heel heel heel heel heel heel heel heel heel heel heel
heel heel heel heel heel heel heel heel heel heel heel heel
heel heel heel heel heel heel heel heel heel heel heel heel
heel heel heel heel heel heel heel heel heel heel heel heel
heel heel erg ...**

... **paars.**

Joe trok zijn broek op en kroop weer in het mandje. 'Rijden maar!'

Toen ze Bipsfris Kasteel naderden, zag Joe dat er honderden journalisten en camera's stonden te wachten voor
de ingang. En toen de Rajmobiel nog dichterbij kwam, zwenk-
ten al die camera's in hun richting en flitsten er honderden lichten. De ingang was helemaal versperd en Raj kon
niet anders dan stoppen.

'Je bent live op het nieuws! Hoe voel je je nu je vader
tegen een enorme financiële catastrofe aankijkt?'

Joe was te geschokt om te antwoorden, maar mannen
in regenjassen bleven hem maar vragen toeschreeuwen.

'BBC. Zullen de miljoenen mensen over de hele wereld vergoed worden voor de schade die aan hun achterwerk aangericht werd?'

'CNN. Denk je dat je vader van een misdrijf beschuldigd zal worden?'

Raj schraapte zijn keel. 'Ik zou een korte verklaring willen afleggen, heren ...'

Ineens werden alle camera's op hem gericht en heel even werd het doodstil.

'Ik ben Raj en ik baat de bekendste krantenwinkel van de stad uit. En nu komt het! Ik heb nu melkchocolade in de aanbieding. Koop tien pakjes en krijg er eentje gratis bij! Die actie loopt maar een paar dagen!'

De journalisten zuchtten heel hard en begonnen ontstemd te mompelen.

Ding, ding!

Raj liet de bel van de driewieler rinkelen en de zee van persmensen spleet in tweeën om hem en Joe door te laten.

'Vriendelijk bedankt!' zong Raj met een glimlach. 'En ik heb ook wat oude Lionrepen voor de helft van de prijs! Ze zijn maar een heel klein beetje beschimmeld!'

26
Wervelende bankbiljetten

Raj reed snel over de lange oprijlaan. Joe zag geschokt dat er al een hele rij vrachtwagens voor het huis stond. Een leger van gezette mannen was alle schilderijen, kroonluchters en met diamanten belegde golfstokken van zijn vader naar buiten aan het dragen.

Raj bleef staan. Joe kroop zo snel mogelijk uit het mandje en liep de monumentale trap op. Safiera haastte zich op onvoorstelbaar hoge hakken naar buiten, beladen met een reusachtige koffer en talrijke handtassen.

'Ga uit de weg!' siste ze.

'Waar is mijn vader?' vroeg Joe.

'Kweenie! En kan me niet schelen! De idioot is al zijn geld kwijt!'

Toen ze de trap af rende, brak een van haar naaldhakken af en ze tuimelde neer. De koffer knalde op de stenen en klapte open. Honderden bankbiljetten wervelden als een hevige sneeuwstorm door de lucht. Safiera begon te gillen en te huilen en haar mascara liep uit over haar wangen. Ze sprong op en probeerde wanhopig het geld te vangen.

Joe stond even naar haar te kijken met een mengeling van woede en medelijden. Daarna rende hij naar binnen.

Het huis was nu helemaal leeggehaald. Hij wrong zich tussen de deurwaarders en hun helpers door en haastte zich de grote wenteltrap op. Hij liep langs een paar potige mannen, die honderden meters van zijn elektrische race-circuit buitgemaakt hadden. Eén milliseconde voelde hij een steek van spijt, maar hij liep verder. En even later gooide hij de deur van de slaapkamer van zijn vader open.

De kamer was wit en kaal, haast sereen doordat ze zo leeg was. Zijn vader zat ineengedoken op de naakte matras, met zijn rug naar de deur. Hij had alleen maar een onderhemdje en een boxershort aan. Zijn dikke, harige armen en benen staken erg af tegen zijn kale hoofd. Ze hadden zelfs zijn toupetje meegenomen.

'Pap!' riep Joe.

'Joe!' Zijn vader draaide zich om. Zijn gezicht zag er rood en pijnlijk uit van het huilen. 'Mijn jongen, mijn jongen! Je bent naar huis gekomen!'

'Het spijt me dat ik wegliep, pap.'

'Het spijt mij zo dat ik je pijn gedaan heb door al dat gedoe met Lauren. Ik wilde je alleen maar gelukkig maken.'

'Ik weet het, ik weet het.' Joe ging naast zijn vader zitten. 'Ik vergeef het je, pap.'

'Ik ben alles kwijt. Alles. Zelfs Safiera is ervandoor.'

'Ik weet niet of zij echt de ware voor je was, pap.'

'Nee?'

'Nee.' Joe probeerde niet al te hard met zijn hoofd te schudden.

'Nee, misschien niet,' zei zijn vader. 'Nu hebben we geen huis meer, geen geld, geen privévliegtuig. Wat kunnen we doen, jongen?'

Joe stak zijn hand in zijn broekzak en trok er een cheque uit. 'Pap?'

'Ja, jongen?'

'Toen ik mijn zakken doorzocht, vond ik dit …'

Zijn vader bekeek de cheque aandachtig. Hij had die aan zijn zoon gegeven voor zijn verjaardag. Een cheque van twee miljoen.

'Ik heb die nog niet geïnd!' zei Joe enthousiast. 'Je mag hem hebben. Daarvan kun je ons een plek om te wonen kopen en nog een heleboel geld overhouden.'

Zijn vader keek hem aan. Joe wist niet of hij gelukkig of bedroefd keek.

'Dank je wel, mijn zoon. Je bent een geweldige jongen. Maar jammer genoeg is deze cheque waardeloos.'

'Waardeloos?' Joe begreep er niets van. 'Hoezo?'

'Omdat ik geen geld meer op mijn bankrekening heb,' legde zijn vader uit. 'Er lopen zo veel processen tegen me, dat de banken al mijn rekeningen bevroren hebben. Ik ben failliet, jongen. Als je de cheque meteen was gaan innen, hadden we nu nog twee miljoen.'

Joe was een beetje bang dat hij iets verkeerds gedaan had. 'Ben je nu boos op me, pap?'

Zijn vader keek hem aan en glimlachte. 'Nee, jongen. Ik vind het goed dat je hem niet geïnd hebt. Al ons geld heeft ons nooit gelukkig gemaakt, hè?'

'Nee,' zei Joe. 'Eigenlijk maakte het ons ongelukkig. En het spijt mij ook. Je bracht mijn huiswerk naar de school en ik schreeuwde tegen je omdat ik me schaamde. Bob had gelijk, ik heb me soms gedragen als een verwende rotjongen.'

Zijn vader grinnikte. 'Een klein beetje maar, hoor!'

Joe kontwipte dichter naar hem toe. Hij had behoefte aan een knuffel.

Maar net op dat ogenblik kwamen er twee stoere deurwaarders de kamer binnen. 'We moeten de matras meenemen,' zei een van hen.

De Props verzetten zich niet. Ze stonden op om de mannen het allerlaatste voorwerp uit de kamer te laten dragen.

Joe's vader boog naar zijn zoon toe. 'Als er iets is wat je uit je kamer wilt gaan halen, moet je dat nu meteen doen, jongen,' fluisterde hij hem in zijn oor.

'Ik heb niks nodig, pap,' antwoordde Joe.

'Er moet iets zijn. Een paar mooie lampen, een gouden horloge, je iPod ...'

Ze keken machteloos toe hoe de twee mannen de matras uit de slaapkamer droegen. De kamer was nu helemaal kaal.

Joe dacht een paar tellen na. 'Er is wel iets,' zei hij en hij liep de kamer uit.

Meneer Prop ging voor een raam staan. Hulpeloos zag hij hoe de vreemde mannen al zijn dure spullen naar buiten droegen en in de vrachtwagens laadden: koffertjes met zilveren bestekken, kristallen vazen, antieke meubelen, alles ...

Geen minuut later was Joe er weer.

'Heb je iets kunnen meepakken?' vroeg zijn vader enthousiast.

'Alleen dit.' Joe liet hem het zielige raketje van lege toiletrollen zien.

'Maar waarom dat?' Zijn vader kon niet geloven dat zijn zoon dat oude ding bewaard had, laat staan dat het het enige was wat hij uit het huis wilde redden.

'Het is het beste wat je me ooit gegeven hebt,' zei Joe.

Er kwamen tranen in de ogen van zijn vader. 'Maar dat is gewoon een toiletrol met een stukje van een andere toiletrol erin,' stamelde hij.

'Dat weet ik,' zei Joe. 'Maar het is met liefde gemaakt.

En het betekent meer voor me dan al de dure spullen die je voor me gekocht hebt.'

Zijn vader kon zijn emoties nu niet meer bedwingen. Hij sloeg zijn korte, dikke, behaarde armen om zijn zoon heen.

En Joe legde zijn korte, dikke, minder behaarde armen om zijn vader heen. Hij liet zijn hoofd op de borst van zijn vader rusten en voelde dat die nat van tranen was.

'Ik hou van je, pap.'

'Dito … Ik bedoel, ik hou ook van jou, jongen.'

'Pap?' zei Joe aarzelend.

'Ja?'

'Lust je graag gehakt met een pureekorstje?'

'Liever dan wat ook ter wereld,' glimlachte zijn vader.

Vader en zoon omhelsden elkaar stevig.

Eindelijk had Joe alles wat hij zich maar kon wensen.

Hoe het afliep

Hoe ging het verder met de personages van dit verhaal?

 Meneer Prop vond het gehakt met een puree-korstje van Bobs moeder zo lekker dat hij met haar trouwde. En nu eten ze het iedere avond.

 Joe en Bob bleven niet alleen boezemvrienden, toen hun ouders met elkaar trouwden, werden ze zelfs stiefbroers.

 Safiera verloofde zich met een voetbalploeg van de eerste klasse.

 Raj en meneer Prop begonnen samen te werken aan verschillende projecten, waarvan ze hoopten dat die ziljonairs van hen zouden maken. De vijfvingerige KitKat. De queensize Marsreep (tussen de gewone en de kingsize in). Muntjes met vindaloosmaak. (Op het moment dat ik dit schrijf, heeft nog geen enkel van hun ideeën hun een cent opgebracht.)

Niemand kon ooit achterhalen welke Larf de hij was en welke de zij. Zelfs hun ouders niet. De jonge Larven werden naar Amerika gestuurd, naar een kamp voor jeugddelinquenten.

 De schooldirecteur, meneer Stoffels, ging op zijn honderdste verjaardag met pensioen. Hij rijdt nu de hele dag met motors rond.

 Juf Spits, de lerares geschiedenis, kreeg haar baan terug en ze liet Joe elke dag het schoolplein opruimen.

 Peter Selie, de leraar met de gekke naam, liet zijn naam veranderen. Hij koos voor Dick Brood. Wat niet echt veel uithaalde.

 Lauren bleef acteren. Haar enige grote rol vertolkte ze in het tv-drama *Rampspoed*, waarin ze voor lijk speelde.

 De secretaresse van de schooldirecteur, mevrouw Mops, kwam nooit uit haar stoel.

De kont van de koningin bleef paars. Op kerstdag, als ze haar landgenoten toesprak, toonde ze haar achterwerk aan het hele land. Ze noemde het haar 'anus horribilis'.

 Mevrouw Klodder ten slotte, de kantinejuf, schreef een kookboek, *101 recepten met vleermuizenbraaksel*, dat uitgegeven werd door Harper Collins.